Ce livre est dédié aux grands enfants, qu'ils le soient par l'âge ou par l'esprit.

J'ai connu ce temps où, dans les campagnes, l'électricité n'avait pour seule vertu que d'apporter l'éclairage dans les habitations.

Point de sonnette pour avertir de la venue d'un visiteur. Lou tustet (le heurtoir), en usage depuis des siècles, accomplissait parfaitement cette mission. Un levier, servant de marteau, venait buter sur un contre-heurtoir, une pièce métallique fixée dans la porte, et c'était toute la maison qui retentissait sous les coups plus ou moins appuyés de l'ami ou de l'intrus.

Pendant les longues soirées d'hiver s'organisaient des veillées d'une maison à l'autre. On attendait, avec impatience, les sourds battements du tustet qui annonçaient l'arrivée des invités.

C'était pour les petits, comme pour les grands, la promesse d'heureux moments passés ensemble. On se serrait autour de la cheminée, où pétillait un bon feu, tout en accomplissant les menues besognes réservées au temps froid : cassage des noix, égrenage du maïs, couture, rapetassage des sacs à blé ou raccommodage de vêtements.

Il y avait toujours, dans les villages, des personnages aux talents d'animateur qui savaient égayer les soirées en brodant sur des faits réels ou en rapportant des histoires colportées d'un village à l'autre par des générations de conteurs.

Si les veillées ont pratiquement disparu de nos mœurs, il n'est pas interdit de penser qu'elles puissent un jour faire leur retour, lorsque les pénuries d'énergie rapprocheront à nouveau les êtres. Alors, le tustet, faute de sonnette électrique, reprendra du service et les conteurs retrouveront, près du feu, une place d'honneur.

L'HISTOIRE EXEMPLAIRE D'UN MEUNIER ET D'UN CHIEN

A contempler, de nos jours, les collines arides et dépeuplées qui encadrent la vallée du Lot, entre Cahors et Luzech, on a peine à imaginer qu'il y eut un temps où elles furent tout habillées de vignes. Les sols, alors méticuleusement cultivés, étaient parcourus par les viticulteurs qui entretenaient leurs biens au fil des saisons : taille, sarclage, soufrage, renouvellement de la terre qui avait été emportée par les orages et qu'il fallait remonter de la vallée à pleines hottes. Vendanges, enfin, qui venaient récompenser tous ces efforts.

Les vins des coteaux du Quercy se vendaient plutôt bien à cette époque et ne se négocièrent jamais mieux que lorsque l'oïdium vint frapper une grande partie des vignobles de France en épargnant ceux du Lot. C'était bien avant l'arrivée du phylloxéra qui, lui, ravagea tout et précipita des familles entières dans la misère.

La rivière était très animée, hormis aux trop fortes eaux. Toutes sortes d'embarcations la sillonnaient : gabarres, bacs de passeurs et esquifs de pêcheurs. Dans les petits ports, qui en jalonnaient le cours, se développaient de multiples activités liées à la navigation et au commerce du vin : ateliers de réparation de bateaux, forges, tonnelleries, auberges et cabarets. Tout cela donnait une image de vie intense et de prospérité.

C'est dans cette période plutôt bénie que vivait, près de Douelle, Baptiste Soladié, meunier de son état, que tous surnommaient « lou roumegaïre » (« le grognon » ou « le bougon »). Il n'avait certes pas très bon caractère. Ses coups de gueule faisaient trembler la Louise, sa femme, et la domesticité. Les meules de son moulin à eau tournaient pourtant sans relâche. Sa femme lui avait apporté une coquette dot qui était venue s'ajouter à ses propres biens : le moulin, bien sûr, mais aussi un verger, quelques lopins de terre, où poussaient des légumes, et deux grands prés, au pied des collines, que parcouraient ses vaches, ses chèvres et ses moutons. Il possédait, en outre, deux mulets et un bon bateau qui lui permettaient d'aller s'approvisionner en grains et de livrer sa farine. Les mariniers qui mangeaient son pain dans les auberges de Douelle, affirmaient que d'Entraygues à Bordeaux ils en avaient rarement trouvé d'aussi bon.

Baptiste aurait pu se contenter de cette réussite, mais, hélas ! pour lui et son entourage, c'était un perpétuel insatisfait. Il tenait à la renommée qu'on lui avait faite et qui le poussait à toujours rechercher la perfection. Et puis la concurrence était rude parfois. Il connaissait plusieurs meuniers dans les parages à qui il faisait bien de l'ombre et qui n'auraient pas été fâchés de lui prendre quelques clients. Aussi voyait-on sa silhouette, un peu voûtée, s'agiter en tous sens d'un bout à l'autre de la journée. Eternellement coiffé d'un petit chapeau rond encroûté de farine, il courait des vannes à la chambre des meules et du blutoir au four à pain, marmonnant entre ses dents, houspillant Jeantou, son garçon meunier, qui le secondait pourtant au mieux. « Aquel mestier te rendra falourd ! » (« Ce métier te rendra fou ! ») lui disait sa femme en secouant la tête, pleine d'inquiétude. Baptiste se calmait un peu, quelques heures, quelques minutes, mais, très vite, le naturel reprenait le dessus. Et l'avenir aurait fort bien pu donner raison à la Louise si un événement inopiné n'était venu bouleverser la vie de son mari.

Plusieurs fois par semaine, les deux domestiques du moulin partaient avec le bateau ou les mulets pour aller quérir le grain dans les fermes ou y porter la farine et le pain. Un jour, au cœur de l'hiver, ils revinrent accompagnés d'un gros chien noir qui les suivait comme s'il les avait toujours connus.

– Mes, ques aquel can ? (Mais, qu'est-ce que c'est que ce chien ?) fit Baptiste en le voyant.

– Te sabi ! (Est-ce que je sais !) lui répondit l'un des domestiques, on l'a trouvé en cours de route et, depuis, il ne veut plus nous lâcher ; il est sûrement perdu.

L'animal appartenait à l'une de ces races utilisées par les bergers des causses, trapu, apte à tenir tête aux loups lorsque ceux-ci s'approchaient des troupeaux. Il n'était pas bien beau, avec de longs poils sales et tout emmêlés. Il lui manquait un bon morceau de l'oreille droite, enlevé, on pouvait justement assez bien l'imaginer, par des loups auxquels il se serait frotté. Les trois hommes essayèrent de le chasser, mais sans le moindre succès. Chaque fois, le chien s'écartait de quelques mètres, puis se couchait en gémissant. Baptiste lui lança des cailloux en lui criant :

– Fous-moi le camp ! on n'a pas besoin de toi ici !

Mais la bête s'obstinait. Peut-être était-elle alléchée par la bonne odeur de pain qui flottait autour du moulin.

Pendant plusieurs jours, le chien fit des allers et retours, parcourant les environs, mais toujours revenant au moulin. Baptiste et ses domestiques interrogeaient les clients et les voisins, sans qu'aucun fût en mesure de leur apporter des renseignements sur l'intrus.

L'animal se serait peut-être lassé dans sa quête de commisération et aurait pu disparaître à jamais si un vol de sacs de blé ne s'était produit au cours d'une nuit. Baptiste s'emporta, fort naturellement, et ce fut Jeantou qui lui suggéra de garder le chien pour dissuader les malandrins de renouveler leur forfait.

Des assiettées de soupe disposées pendant quelques jours près de la porte de l'habitation eurent tôt fait d'apprivoiser l'animal. Avec trois ou quatre vieilles planches, Baptiste lui confectionna une niche dans laquelle il disposa des sacs usagés en guise de matelas. Le chien, qui n'avait probablement jamais bénéficié d'un pareil confort, adopta vite ce palais dans lequel il sembla prendre tout de suite grand plaisir à dormir. Lorsqu'un client se présentait au moulin, il consentait à sortir de sa niche, remuait un peu la queue en guise de salutation, puis réintégrait rapidement sa demeure, comme s'il avait un impérieux besoin de rattraper du sommeil perdu. Parfois, attiré par quelque chienne des environs, il se permettait d'interrompre sa douce oisiveté et il pouvait disparaître toute une nuit, voire un jour entier. Dès que la chaleur arriva, il prit l'habitude de se baigner dans le canal d'amenée d'eau du moulin. Il nageait parfaitement et les enfants qui venaient jouer sur les bords lui lançaient des bâtons pour le plaisir de le voir les ramener en ramant de ses grosses pattes.

Baptiste jugeait ce comportement fort éloigné de ce qu'il pouvait espérer d'un bon chien de garde. « Me demandi se siem pla defenduts ! » (« Je me demande si nous sommes bien défendus ! ») faisait-il à Jeantou. Une nouvelle incursion des voleurs, à la fin du printemps, vint justifier son appréhension.

Cette fois, les malfaiteurs s'étaient introduits dans la resserre où le meunier entreposait sa farine. Ils en avaient fracturé la porte avec un pied-de-biche et s'étaient emparés d'une dizaine de sacs contenant la précieuse denrée, laquelle aurait dû être livrée le lendemain même. Le chien ne s'était aucunement manifesté. Etait-il seulement présent au moment du larcin ?

Baptiste entra dans une fureur noire et, se plantant devant la niche, fulmina contre l'animal :

– Ce fainéant à quatre pattes ne sait que manger et dormir. Mes chats, eux, au moins, chassent les rats et les souris, mais celui-là n'est qu'un foutu bon à rien !

Comme pour lui donner raison, la bête, qui l'observait avec des yeux ensommeillés, se mit à bailler brusquement.

Le meunier ne vit là, ni plus, ni moins, qu'une provocation.

– Te truffos de iou. Vas veire ! (Tu te moques de moi. Tu vas voir !).

Dans ces temps-là, les bêtes ne bénéficiaient pas de la même considération que de nos jours. Elles n'étaient souvent appréciées qu'en fonction des services qu'elles pouvaient rendre et il leur arrivait de recevoir autant de coups que de caresses. Baptiste n'avait pas en lui plus de cruauté qu'un autre, mais, voilà, cet homme, d'un naturel ordinairement irritable, était, ce jour-là, dans une colère aveugle. Rien n'aurait pu lui faire entendre raison. Il s'en fut chercher une vieille corde sous un hangar et en noua une extrémité au cou de l'animal.

La Louise, qui l'avait entendu pester depuis la cuisine, était venue sur le pas de la porte.

– Mais, qu'est-ce qui se passe avec ce chien ? qu'est-ce que tu veux en faire ? fit-elle en voyant son mari entraîner l'animal qui se laissait tirer, docile, au bout de la corde.

– Lou vaou negar ! lou vaou negar ! (Je vais le noyer ! je vais le noyer !) répondit Baptiste, s'étranglant à demi de rage.

– Mais, donne-le donc à quelqu'un, au moins, lui lança Louise apitoyée.

– Et à qui donc, tu peux me le dire ? se justifia Baptiste. On pourrait assassiner n'importe qui dans son lit que cet imbécile n'ouvrirait pas seulement un œil. Je n'aurai pas de mal à en trouver un autre plus dégourdi. En attendant, celui-là, je l'ai assez vu !

Louise se garda d'insister. Elle connaissait trop bien son homme pour savoir que dans l'état d'esprit où il se trouvait il ne ferait que s'entêter davantage et elle préféra s'en retourner dans la cuisine.

Toujours tirant sur la corde, le meunier entraîna le chien vers le bord de la rivière, là où se trouvait le bateau. Il l'y fit monter, puis chargea une grosse pierre qui faisait office d'ancre à l'occasion. Le chien, qui croyait à une promenade, se coucha tranquillement au fond de la barque. Baptiste détacha la chaîne du ponton auquel l'embarcation était amarrée, s'assit sur le banc et saisit les rames. Il s'éloigna du rivage et remonta rapidement la rivière. Les eaux n'étaient pas trop courantes et la fureur lui donnait des forces.

Le meunier parcourut cinq à six cents mètres afin de s'écarter des habitations. Nul n'avait à juger de ce qu'il allait faire. Il choisit un endroit où les eaux étaient suffisamment profondes. Il le savait pour les avoir sondées jadis quand il avait encore le temps d'aller à la pêche. Il lâcha les rames et se mit en devoir d'attacher la pierre à l'autre extrémité de la corde. Le chien le regardait avec intérêt s'énerver à vouloir compliquer les nœuds.

Baptiste, étant parvenu à ses fins, redressa, de quelques coups de rames, le bateau qui commençait à dériver dans le courant. Puis, voyant que le chien, décidément, ne se méfiait de rien, il le saisit à pleins bras et le précipita par- dessus bord. Vite, il attrapa la pierre, qui était restée bloquée au bout de la corde dans le fond de l'embarcation, et la jeta à la suite. Il ne doutait pas que la bête, handicapée par un pareil poids, ne tarderait pas à être entraînée vers le fond. Mais rien ne se passa comme il l'avait imaginé. L'animal s'était mis à barboter vigoureusement et, sans aucun mal, regagnait la barque. Le meunier le regarda faire, incrédule, avant de constater, avec consternation, que la corde surnageait dans les flots remués. La pierre s'était détachée ! Cette vieille corde ne valait rien, il aurait bien dû s'en méfier. Trop pressé de mettre son projet à exécution, il avait peut-être, en plus, mal assujetti la pierre.

Baptiste ne s'avoua pourtant pas vaincu.

– Tu vas te foutre de moi longtemps, dis ? cria-t-il au chien.

Il saisit l'une des rames à deux mains et, visant la tête de l'animal, qui nageait tout près de l'embarcation, il la frappa violemment. La bête hurla de douleur et le sang jaillit instantanément du sommet de son crâne. Elle n'en continua pas moins à lutter.

– Ah ! tu as la peau dure, mon salaud, attends un peu ! fit le meunier en relevant la rame pour en porter un autre coup. Mais il était à un tel comble de surexcitation qu'il maîtrisa mal son mouvement et déséquilibra l'embarcation qui se mit à se balancer dangereusement. Alarmé, il lâcha la rame et agita frénétiquement les bras, ce qui ne fit qu'amplifier le phénomène de bascule. Il essaya en vain de se baisser, dans l'espoir de retrouver son aplomb, mais un mouvement plus accentué du bateau le précipita à l'eau.

Une immense terreur s'empara du meunier. Il ne savait pas nager. Il se débattit avec l'énergie du désespoir, tentant d'agripper l'embarcation qu'il ne fit qu'éloigner de lui.

– Au secours ! Au secours ! chercha-t-il à crier, mais, déjà, l'eau envahissait sa bouche. Il réalisa d'ailleurs la vanité de ses appels. Depuis qu'il était parti, il n'avait vu personne, ni sur la rive la plus proche, celle du moulin, ni même sur celle d'en face où courait le chemin de halage.

Baptiste comprit qu'il allait mourir. Le froid le pénétra subitement, le froid de l'eau mêlé à celui de la peur. Il se débattit, encore une fois, sans plus y croire. Il eut la vision du bateau qui s'éloignait de lui et de son chapeau flottant burlesquement un peu plus loin ; la dernière crut-il. C'est alors qu'il sentit sa veste saisie sur sa gauche au niveau de l'épaule. Quelque chose de très fort cherchait à le maintenir à flot. Il parvint à tourner un peu la tête et, d'un œil embué, entraperçut le museau du chien presque contre son visage. Il réalisa que l'animal entreprenait de le sauver. Cela lui parut dérisoire, compte tenu de la situation tragique dans laquelle ils se trouvaient, mais l'instinct de survie lui commanda de réagir.

S'aidant de son bras libre et poussant des jambes, le meunier essaya au mieux de se diriger vers la rive. Il sentait le souffle chaud et précipité de l'animal contre sa joue. Lui-même suffoquait, toussant pour rejeter l'eau qu'il avait avalée. Ses vêtements, trop épais, gênaient ses mouvements et l'idée qu'il eût mieux fait de mettre des sabots au lieu de chaussures lui traversa l'esprit ; au moins aurait-il pu s'en débarrasser facilement.

L'homme et la bête se démenaient côte à côte. Devant eux, la berge défilait doucement et Baptiste n'avait pas l'impression qu'ils s'en rapprochaient réellement. Il sentit que sa volonté s'émoussait et il appela encore à l'aide. Le chien, lui, semblait croire à ses chances et maintenait son effort. Le meunier comprit qu'il devait l'encourager :

– Allez, mon chien ! C'est bien, mon chien !

Il voulait chasser de son esprit qu'un instant plus tôt il avait cherché à le tuer.

A quelques trois cents mètres au-dessus du moulin, le Lot s'incurvait sur sa droite et, dans le coude ainsi formé, qu'occupait un enchevêtrement de branches, les eaux venaient tourbillonner. Lorsqu'elles étaient hautes, un puissant remous se signalait en cet endroit que les bateliers évitaient avec soin. Baptiste réalisa que le courant les emportait par là. Il redoubla d'efforts et d'encouragements. Le chien parut être sensible à ceux-ci, car son souffle devint plus rapide, signe qu'il devait accélérer ses mouvements.

Bientôt, ils ne furent plus qu'à une cinquantaine de mètres du coude de la rivière et les eaux, soudain, les portèrent plus vite.

Baptiste força sur son bras et ses jambes avec ce qui lui restait d'énergie. Tout à coup, quelque chose frôla son corps : une branche sous l'eau, et puis une autre. Maintenant, il distinguait le fond.

Le flot les dirigea vers un petit peuplier déraciné que le remous avait jeté contre la rive. De son bras libre, Baptiste put en saisir une branche. Le chien n'avait toujours pas lâché prise, les crocs bien plantés dans la veste du meunier. Baptiste dut secouer plusieurs fois l'épaule pour que l'animal consente à desserrer son étreinte. La corde pendait toujours à son cou. Le meunier tira sur celle-ci et ramena la bête contre lui. Elle paraissait à bout de souffle. Le sang avait coulé jusque sur son museau.

– Qu'est-ce que j'ai fait, bon Dieu ? Mais qu'est-ce que j'ai fait ? s'exclama tout haut Baptiste envahi de remords.

Les deux compagnons d'infortune restèrent ainsi un bon moment, l'un contre l'autre, reprenant difficilement leurs respirations. Mais ils n'étaient pas encore sauvés. Baptiste commençait à sentir ses membres se raidir de froid. Il examina l'arbre qui leur apportait un salut provisoire. La ramure en était intacte. Il lâcha doucement le chien et lança son bras ainsi libéré vers une seconde branche dont il éprouva la résistance. Elle tenait bon comme la première. Le peuplier ne devait être là que depuis la dernière crue et le bois n'avait pas encore eu le temps de se corrompre.

Progressant laborieusement le long de l'arbre, s'empêtrant dans le branchage, Baptiste parvint tout de même jusqu'à un endroit où il put prendre pied. Il était temps. Tout son corps était engourdi de froid et de fatigue. Le chien l'avait suivi en nageant. Le meunier attrapa à nouveau la corde et aida la bête à gagner le rivage. Elle se laissa tomber sur le flanc, haletante, complètement épuisée. Le sang qu'elle avait perdu y était sans doute pour beaucoup. Sa langue pendait sur le côté de la gueule. Baptiste eut l'impression que les yeux de l'animal se révulsaient.

– Ah ! non ! tu ne vas pas mourir, dis ? s'alarma-t-il, en se courbant et prenant la tête du chien entre ses mains.

La bête, soudain, lui était devenue précieuse au-delà de tout. Son regard, lui semblait-il, devenait fixe.

Le meunier prit conscience qu'il lui fallait réagir au plus vite et surmonter l'épuisement qui le laissait pantelant. Il détacha la corde qui enserrait le cou de l'animal et prit le temps de vider l'eau qui avait empli ses chaussures. Puis il se pencha sur le chien et, lui passant les bras sous le corps, le souleva de terre pour le charger sur ses épaules.

Le plus délicat fut d'escalader la berge envahie de broussailles, mais le meunier en avait vu d'autres. Combien de sacs de grains ou de farine n'avait-il pas chargés sur son dos, de soixante ou quatre-vingts kilos, à s'en casser les reins ? Il fit une pause, en haut du talus, pour reprendre son souffle. Le cœur lui cognait violemment dans la poitrine. Du moins, l'effort qu'il venait de fournir lui avait-il fait retrouver un peu de chaleur. Sur ses épaules, le chien ne bougeait plus.

– Me fais pas ça ! Me fais pas ça ! l'implora-t-il.

Il se mit en marche vers le moulin, du plus vite que pouvaient le porter ses jambes encore mal assurées. Un peu plus loin, il aperçut un voisin qui fanait l'herbe de son pré. L'homme, le voyant en peine, lui proposa de l'aide, mais Baptiste refusa :

– Ce chien vient de me sauver la vie. C'est à moi de le porter et moi seul.

C'était pour lui son chemin de croix, une façon d'expier sa faute. Et il repartit, trottant presque, tout empli du devoir d'arracher l'animal à la mort.

Baptiste parvint au moulin dans une sorte de brouillard. Du pied, il poussa la porte entrebâillée et se précipita vers la cuisine. Il déposa la bête près du feu et cria à Louise qui le regardait, effarée de le voir tout trempé :

– Va me chercher une couverture. Vite ! vite ! Je t'expliquerai après !

Il posa la main sur le flanc de l'animal et constata qu'il respirait encore, mais ses yeux restaient fermés. Quand Louise revint avec la couverture, il se mit aussitôt à le frictionner avec vigueur pour activer la circulation du sang. Cela prit du temps, mais, à force, l'animal ouvrit les yeux. Il les referma presque immédiatement, mais cette réaction suffit à rassurer Baptiste.

Alors, tout en bouchonnant la bête, le meunier consentit à parler à sa femme qui, elle-même, avait gardé le silence, consciente d'assister au dénouement d'un drame. Il lui raconta tout, sauf le coup de rame qui hanterait à jamais son esprit. Dans son récit, c'était la pierre qui, avant de se détacher de la corde, avait frappé la tête de l'animal.

Louise entreprit de nettoyer la plaie de la bête, qui saignait encore légèrement, puis l'enduisit d'un baume cicatrisant. Le chien, plusieurs fois, remua légèrement la queue. Il se sentait pris en main et se laissait faire en toute confiance. Baptiste le recouvrit de la couverture, puis il demanda à Louise d'aller tuer une volaille :

– Un poulet, un canard, une pintade, peu importe ! mais qu'il mange beaucoup et bien !

Et, seulement après avoir donné cet ordre, il s'autorisa à se changer et à prendre le repos que tout son corps réclamait.

Ainsi le chien bénéficia-t-il, ce jour-là, du plus grand festin qu'il ait jamais connu et retrouva vite des forces. Dès le lendemain, il réintégra sa niche dans laquelle il put s'abandonner à de longues rêveries. Personne ne se serait avisé de les interrompre. Car Baptiste n'aurait jamais admis que l'on dérangeât celui qu'il considérait désormais comme son protégé. Lui, qui n'avait jamais songé à donner un nom à cet animal, qu'il appelait tout simplement « lou can » (« le chien »), non sans quelque dédain, le baptisa symboliquement « Sauveur ». De façon à le délivrer du souci d'éloigner les voleurs, le meunier lui adjoignit un compagnon, un molosse bien râblé, doté d'une mâchoire à dissuader le plus hardi des voyous.

Dans les jours qui suivirent le sauvetage, que d'aucuns n'hésitèrent pas à qualifier de miraculeux, l'entourage de Baptiste fut frappé par le rapide changement de comportement qui s'opéra chez celui-ci. C'est que le meunier, après avoir vu la mort de si près, s'était mis à réfléchir sur le sens à donner à son existence. Il approchait des soixante ans, n'avait pas d'enfants et ne voyait personne de sa famille qui veuille lui succéder, ce qui ne cessait de le tourmenter. A quoi bon tant travailler ? Pour qui et pourquoi ? Qui s'approprierait le moulin après sa mort ? Autant de questions qu'il s'était beaucoup posées et qui appelaient toujours la même solution : Jeantou.

Baptiste avait souvent eu peur de perdre son second. Que le jeune homme se marie et aille s'installer ailleurs, ou bien qu'il ne se laisse attirer par un patron concurrent. C'était un garçon vif, intelligent, d'humeur égale et dont il avait toujours eu à se louer. Il l'avait pris tout jeunot comme apprenti et l'avait façonné à son image. Bien sûr, il l'avait souvent secoué, mais de la même manière que l'eût fait un père désireux de transmettre un métier exigeant à son fils.

Une fin d'après-midi, Baptiste se décida. Il prit Jeantou à part et le fit asseoir sur un banc, devant la maison, face au Lot. Il ne savait pas par où commencer et tripotait nerveusement un bouton de sa veste.

– Jeantou, tu aimes notre moulin ? Ça te plait de travailler ici ?

– Bien sûr que je me plais chez vous.

– Je sais que je ne suis pas d'un caractère facile. Ça n'est pas sans raison qu'on m'appelle « lou roumegaïre ». Mais je m'en veux de m'emporter pour des riens, de toutes mes impatiences. Je t'ai fait souvent des reproches. J'espère que tu ne m'en a jamais voulu.

Jeantou regarda son maître, un peu intrigué, mais il répondit en souriant :

– Et pourquoi je vous en aurais voulu ? Je savais que c'était dans l'idée de m'apprendre, je l'ai toujours pris comme ça.

– A la bonne heure ! fit Baptiste en hochant la tête. Il resta un instant silencieux, puis poursuivit :

– Avec la Louise, on s'est souvent demandés si tu ne nous quitterais pas un jour. Tu as peut-être une promise. Ou bien tu pourrais, pourquoi pas, chercher à te mettre à ton compte. Ça nous ferait de la peine, en tout cas, de te voir partir.

– Mais je n'y ai pas songé, patron, je vous l'assure, le tranquillisa Jeantou.

Baptiste se tut un long moment et Jeantou crut que sa réponse avait mis fin aux préoccupations du meunier. C'était vrai qu'il se montrait de plus en plus sensible aux charmes de la fille d'un maçon de Douelle et aussi qu'on lui avait déjà offert du travail ailleurs. Mais il aimait ce métier par-dessus tout : le bruit des meules broyant les grains et des roues tournant sous le moulin, l'odeur de la farine dans le blutoir et du pain sortant du four, le spectacle des bateaux circulant sur la rivière et de l'eau bouillonnant au pied de la chaussée. Oui, vraiment, il eût fallu lui faire violence pour le décider à changer de cadre de vie.

Jeantou laissait si bien divaguer ses pensées que Baptiste, en reprenant la parole, le fit presque sursauter :

– Tu n'as pas connu mon père et, si tu te figures que je suis dur à la tâche, alors il aurait fallu que tu le vois trimer, lui. Il avait perdu une jambe pendant les guerres napoléoniennes, quelque part en Prusse, et il me semble encore entendre son pilon marteler le plancher quand il s'activait dans la chambre des meules. Ce qu'il a pu endurer pour nous faire vivre, ma mère, mes frères, mes sœurs et moi, tu ne peux pas l'imaginer ! C'est que l'époque était bien plus rude que la nôtre et nous n'avions que de très mauvais vêtements, souvent pas même de chaussures à nous mettre aux pieds. Mais mon père était fier de son moulin et il serait plus fier encore s'il voyait ce que j'en ai fait. Vois-tu, j'aimerais ne pas savoir que le fruit de tant d'efforts puisse passer entre n'importe quelles mains.

Ce que Baptiste avait à dire ensuite était capital et cela méritait une pause. Il s'essuya le front de son mouchoir avant de reprendre :

– Je n'en connais qu'un capable d'aimer ce moulin et de le faire tourner comme mon père et moi nous y sommes tant employés ; c'est toi, Jeantou. Laisse-moi travailler à tes côtés quelques années encore et je te passerai le flambeau. Tout ce que je te demanderais, ce serait de nous laisser un petit coin de la maison à la Louise et à moi pour que nous puissions y finir nos jours. Qu'est-ce que tu en dis, mon garçon ?

Jeantou ne put prononcer un mot, tant ce qu'il venait d'entendre était inattendu et le laissait abasourdi.

– Tu peux réfléchir, bien entendu, crut bon d'ajouter Baptiste, le cœur battant soudain plus fort, pas sûr, au fond, que le jeune homme allait accepter sa proposition.

Mais, contrairement à ses craintes, le garçon avait déjà pesé le pour et le contre, voyant s'éclaircir son avenir de façon inespérée et il eut un geste qu'il ne se serait pas permis s'il n'y avait été poussé par la reconnaissance. Il posa sa main sur celle de son maître qui, dans l'attente, la tenait crispée sur le bas de sa veste. Puis il lâcha simplement :

– C'est oui !

Louise, qui savait de quoi il retournait et les observait depuis une fenêtre, les vit tous deux rester longtemps assis côte à côte, la main dans la main, regardant la rivière sans dire un mot. Et, partageant de loin leur émotion, elle y alla de quelques larmes.

A partir de ce jour, Baptiste connut la sérénité et plus personne ne songea à l'appeler « lou roumegaïre ». Il prit un apprenti pour seconder Jeantou et se donner du temps.

Désormais, on le vit, de plus en plus régulièrement, se promener le long de la berge, accompagné de Sauveur, ou fumer une pipe, assis sur le banc devant la maison, avec le chien couché à ses pieds. Ils étaient devenus inséparables.

De temps en temps, le meunier menait l'animal jusqu'au peuplier où ils avaient trouvé refuge. C'était une sorte de pèlerinage. « Tu te rappelles ? » disait Baptiste à Sauveur qui remuait inévitablement la queue. Et le meunier, voulant oublier que le chien l'agitait dès qu'il lui adressait la parole, se persuadait qu'effectivement l'animal se souvenait.

Les années passèrent. Jeantou se maria. Son beau-père, le maçon de Douelle, lui construisit une maison près du moulin. Celle-ci résonna bientôt de rires d'enfants et Baptiste et Louise n'eurent qu'à se réjouir de ce voisinage. Lorsque le museau de Sauveur commença à blanchir, le meunier s'inquiéta de lui trouver un successeur. Voyant que, malgré l'âge, l'animal ne renonçait pas à ses escapades, il informa ses clients et ses voisins : « Si vous voyez Sauveur rôder autour de vos chiennes et que, dans une portée, il y ait un chiot qui lui ressemble prévenez-moi ».

Ainsi y eut-il Sauveur II et un fils de celui-ci, Sauveur III, que n'aurait pu renier leur père et grand-père, si ce n'est qu'ils possédaient un morceau d'oreille en plus. Ces deux rejetons, malgré toute l'affection qu'ils portèrent à leur maître, ne purent le consoler de la perte de Sauveur Ier, le chef de la dynastie. A la mort de ce précieux compagnon, le meunier avait creusé une tombe, en face du petit peuplier que les crues avaient peu à peu dépouillé de ses branches. Il l'avait enterré là, de façon toute symbolique, regrettant de n'avoir pu lui faire une place au cimetière, parmi les hommes, car, pensait-il, il eût bien mérité cet égard.

Et puis, Baptiste et la Louise s'éteignirent à leur tour. Mais Jeantou, en leur mémoire, se fit un devoir de maintenir la tradition et il y eut, au moulin, plusieurs générations de « Sauveur ».

Aussi, si vous vous promenez le long du Lot, aux environs de Douelle, et voyez un gros chien noir à longs poils nager dans quelque chenal avec un bâton dans la gueule, sachez que vous voyez peut-être là un lointain descendant de « Sauveur », le chien-héros du meunier Baptiste.

LE TONNELET ENSORCELÉ

Il y avait autrefois, dans le Quercy Blanc, un village dont les habitants étaient réputés pour leur inégalable ladrerie. L'obstination des hommes, par exemple, à vouloir faire de leur costume de mariage un habit de cérémonie à vie contraignait le tailleur de l'endroit à déployer des trésors d'ingéniosité. De même, l'acharnement des femmes à rapetasser les tenues de travail ou les chaussettes de leurs maris faisait qu'en fin d'usage ces vêtements ne laissaient plus rien apparaître de la texture initiale.

Par raillerie, on disait de ces avaricieux que, lorsqu'ils devaient remplacer leurs sabots, forcément très endommagés, ils conservaient précieusement la paille dont ils les avaient garnis dans l'intention d'en pourvoir la nouvelle paire. On prétendait, encore, que leur curé, las de trouver plus de boutons de culottes que de pièces de monnaie dans le plateau de la quête leur avait demandé un jour, du haut de la chaire, si, dans ces dons persistants d'articles vestimentaires, il n'y avait pas quelque arrière-pensée de lui faire quitter la soutane pour l'orienter vers un commerce de mercerie.

Bref, comme on le dit familièrement, ils n'étaient pas gens à attacher leurs chiens avec des saucisses.

Il y avait cependant, dans ce village de si regrettable réputation, un maire qui se différenciait particulièrement des autres habitants. Sébastien Faure, issu d'une famille aisée, avait fait quelques études avant d'entrer dans la carrière militaire. Cela lui avait valu de participer à la conquête de l'Algérie sous les ordres du général de Lamoricière. Il était revenu de cette lointaine expédition avec quelques blessures, un grade de commandant et une auréole de héros. Autant d'atouts aux yeux du préfet, qui avait alors le pouvoir de désigner les maires, pour le nommer à cette fonction.

Sébastien Faure n'en tirait pas fierté outre mesure et restait d'un abord facile. Droit et juste, il était à l'écoute de tous et chacun louait ses compétences. Il n'était ni avare de son temps, ni de son argent puisqu'il avait aidé de ses deniers quelques familles indigentes. C'est dire qu'il était bien au-delà des mesquineries de ses concitoyens, desquelles il souriait d'ailleurs avec une certaine bienveillance.

Les villageois tenaient tant à cet homme, qui leur ressemblait portant si peu, que, lorsqu'il leur fit part de son désir de cesser son activité, ce fut la consternation générale. La population et le préfet tentèrent de le faire revenir sur sa décision, mais rien n'y fit. Souffrant trop de ses anciennes blessures et l'âge venant, il ne se sentait plus en mesure d'assumer pleinement ses responsabilités. Une balle reçue dans un mollet, notamment, en avait détruit les muscles et le contraignait à marcher avec le secours d'une canne.

Ses concitoyens s'inclinèrent, donc, et Antonin Roques, le premier adjoint, qui ambitionnait de lui succéder, estima de son devoir de faire au mieux pour que le départ de cet homme de bien fût salué comme il convenait. Mais, connaissant l'intégrité du maire, il savait que celui-ci n'aurait accepté aucun cadeau de ses administrés. Il fallait donc lui offrir un souvenir d'une valeur toute symbolique. L'idée lui vint d'un tonnelet de vin dans lequel chaque famille du village viendrait verser un litre de sa dernière cuvée, marquant ainsi sa volonté de participer à la reconnaissance commune.

Antonin plaça donc le tonnelet dans une grange voisine de son domicile, avec la liberté pour chacun d'y apporter sa contribution. Lui-même, n'étant pas trop satisfait du contenu de l'une de ses barriques, se dit qu'un litre de vin piqué, noyé dans un tel volume de liquide, n'en altèrerait guère le goût. Félix, l'épicier, qui avait la réputation d'être le plus rapiat du village, estima, lui, qu'un litre d'eau mélangé à autant de vin n'en saurait modifier la couleur.

La grange d'Antonin vit ainsi défiler les chefs de famille qui, sans doute inspirés par un désir de discrétion, dissimulaient leurs bouteilles dans des musettes ou des sacs.

Lorsque le tonnelet fut plein, Antonin le boucha en présence du dernier donateur qui s'estima fort avantagé de n'avoir eu à verser qu'un demi-litre pour achever le remplissage. D'autres se réjouirent, plus encore, qui, ne s'étant guère empressés de suivre le mouvement commun, escomptant la générosité des autres, purent réaliser l'économie d'une bouteille.

Mais Antonin ne se souciait pas de savoir qui avait participé ou non à la généreuse, quoique peu coûteuse, action. Le tonnelet était plein et son idée lui paraissait prometteuse. Il comptait, en effet, en tirer un bénéfice lorsque le jour de l'offrande collective viendrait. En vue de cet évènement, il avait déjà préparé un discours auquel Sébastien Faure ne pourrait que répondre avec, il en était persuadé, quelques éloges en sa faveur. Il en savourait les mots à l'avance, espérant fortement que ses concitoyens accueilleraient l'échange d'amabilités entre les deux élus comme une forme de passation de pouvoir. Quelques échos de la fête parviendraient, pourquoi pas, au préfet à qui cela forcerait peut-être la main. Antonin se délectait de ce rêve.

Le jour tant attendu arriva enfin. Un matin de juillet, une semaine avant que ne commencent les moissons. Il faisait un temps splendide et toute la population s'était massée à l'ombre des tilleuls centenaires qui bordaient la place de la mairie sur trois de ses côtés. Au pied des marches, qui précédaient l'entrée de l'édifice public, l'adjoint au maire avait fait dresser une table. Sur celle-ci reposait une masse arrondie recouverte d'un drap blanc, que des femmes s'étaient appliquées à piqueter de rameaux de buis et de roses pompons. A l'un des coins du drap avait été fixé un cordonnet qui permettrait, au moment voulu, de dévoiler, d'un seul coup, la mystérieuse forme.

Antonin avait revêtu son plus beau costume, c'est-à-dire, comme tous les hommes du village, celui de ses noces, plusieurs fois repris par le tailleur qui avait les yeux rougis de fatigue tant il avait été sollicité depuis quelques jours.

Tout le monde surveillait la rue principale, qui faisait face à la mairie et par où allait apparaître l'homme du jour. On entendit une rumeur, puis des cris plusieurs fois répétés de :

– Vivo moussu lou mèro ! (Vive monsieur le maire !)

Sébastien Faure fendit la foule au bras de son épouse, s'efforçant de marcher le plus raide possible en s'aidant de sa canne. Les enfants répandaient, sur le passage du couple, des poignées de pétales de fleurs qui coloraient joliment le sol. Visiblement ému, le maire s'arrêtait, de temps en temps, pour saluer, à droite et à gauche, du bout de sa canne, avec les traits un peu crispés d'un homme qui cherche à maîtriser ses sentiments. Son épouse, tout aussi sensible à l'hommage qui leur était rendu, appréciait fort le choix qu'elle avait fait de prendre une ombrelle. Celle-ci complétait, bien entendu, son élégance, mais lui offrait avant tout un peu de contenance.

Antonin les accueillit au pied de l'escalier de la mairie, près de cette sorte d'autel laïque que représentait la table, avec son drap blanc décoré de buis et de roses sous lequel tous les villageois, sauf le maire et son épouse, devinaient le fameux souvenir.

Le premier adjoint sortit, d'une poche de son gilet, le discours qu'il avait préparé laborieusement depuis plusieurs jours et, après s'être raclé la gorge, commença d'une voix forte :

– Monsieur le Maire, toute la population est rassemblée aujourd'hui, comme vous pouvez le constater, afin de vous témoigner sa reconnaissance et je me fais son porte-parole pour saluer l'homme qui a présidé longtemps aux destinées de notre village, l'homme de cœur et d'action que j'ai eu l'honneur d'accompagner depuis de nombreuses années et de seconder modestement… »

Tout en reprenant son souffle, Antonin leva un peu les yeux, soucieux de juger de l'effet produit par ses paroles et il put constater que son discours était suivi avec intérêt. Un frisson d'aise le parcourut et il reprit en évoquant l'enfance studieuse du maire, sa carrière militaire, le choix justifié du préfet, sans oublier d'émettre des regrets sur ce départ que personne ne souhaitait. Il s'étendit un peu, mais sans excès, sentant bien qu'à vouloir trop en faire il risquait de lasser l'assistance. Il lui tardait aussi d'arriver à cette conclusion qu'il avait mûrie depuis plusieurs jours et qui devrait rester gravée dans la mémoire de ses concitoyens, il n'en doutait pas.

En parvenant au terme de son allocution, il prit le temps de s'éponger le front, puis se tourna vers le maire :

– Enfin, cher monsieur Faure, vous qui avez versé votre sang pour la patrie, il était juste que notre commune vous fît le don du sang de sa terre.

Sur ces derniers mots, il tira d'un coup sec sur le cordonnet relié au drap, dévoilant ainsi le tonnelet.

La foule, émerveillée par cette exceptionnelle mise en scène, applaudit à tout rompre et se mit à crier à nouveau :

– Vivo moussu lou mèro ! Vivo moussu lou mèro !

L'homme concerné par cette unanime ovation affichait un regard à tel point interrogateur qu'Antonin s'empressa de lui expliquer le sens profond du geste des villageois et comment il en avait été l'instigateur. Puis, il invita le couple à s'approcher du tonnelet, près duquel tout l'appareillage de la mise en perce avait été disposé. Antonin se saisit d'un maillet, enfonça l'esquive, la petite bonde qui obturait le bas du récipient, et introduisit prestement une cannelle avant que le liquide ne s'échappe. Enfin, il prit un verre qu'il tendit au maire dans un geste apprêté :

– Faites-nous le plaisir, Monsieur Faure, de goûter ce vin de notre sol, avant de le déguster plus tard, chez vous, en pensant à nous tous.

Le maire alla donc placer le verre sous le robinet. Mais, à peine eut-il ouvert celui-ci, qu'il put constater à quel point ses administrés s'étaient surpassés dans leur pingrerie. Car le fameux sang de la terre, annoncé par son adjoint, s'était, à l'évidence, anémié au cours du remplissage. Le liquide, qui coulait dans le verre, était d'un rose à peine violacé qui ne laissait aucun doute sur les nombreux coupages qu'il avait subis.

Antonin, hébété, contemplait l'étendue du désastre.

– Ques aquelo sourcelario ! (Qu'elle est cette sorcellerie !) fit-il, ignorant subitement le français qu'il avait mis tant de soin à utiliser pendant son discours. Il admettait mal le revers qu'il était en train d'essuyer et maudissait intérieurement tous ses concitoyens, oubliant que lui-même ne pouvait se considérer tout blanc dans cette affaire. S'il n'était pour rien dans la couleur de ce breuvage, du moins aurait-il pu être jugé partiellement responsable de son goût si le maire s'était enhardi à le boire.

Un lourd silence régnait à présent sur la place. La stridulation des cigales, dans les collines environnantes, en semblait comme amplifiée. Tous se regardaient, consternés. Car personne n'aurait voulu faire la moindre peine au maire, ni causer d'humiliation à Antonin. Ceux qui avaient triché se sentaient saisis de honte. Le mal était fait, pensaient-ils, et bien fait. Ils n'imaginaient pas comment pareille situation pourrait être redressée.

Le maire, lui, avait immédiatement compris ce qui s'était passé et, en fait, s'amusait fort de l'incident. Il avait, d'ailleurs, bien de la peine à maîtriser un sourire. Plein d'indulgence pour cette avarice, avec laquelle il avait dû composer depuis bien longtemps, il comprit l'urgence de dissiper le malaise. Il se tourna donc vers le public, parmi lequel il vit bien des têtes se baisser, par crainte de ne pouvoir supporter son regard :

– Chers concitoyens, je vous remercie pour ce cadeau dont j'ai apprécié l'originalité et qui m'a, je puis vous l'assurer, profondément touché. Le tonnelet, hélas ! était de fort mauvaise qualité, au point de déprécier votre geste. Ce vin, je pensais, par ailleurs, que nous le boirions ensemble, mais, après tout, il reste chez moi plusieurs vieilles bouteilles que je vais aller chercher dès maintenant et je serais bien étonné que vous ne puissiez en débusquer d'autres dans quelques recoins de vos caves. J'ai idée, encore, que des victuailles bien choisies ne seraient pas de trop pour accompagner ces vins.

Puis, avisant le cabaretier, qui se tenait planté devant son établissement, à l'autre bout de la place :

– Allez, Victor, installe-nous tes tables sous les tilleuls ! Et, avec quatre ou cinq volontaires, dénichez-nous des tréteaux et des planches pour dresser des buffets. Trouvez-nous aussi des chaises en bonne quantité.

Après avoir lancé toutes ces recommandations, il s'éloigna en compagnie de sa femme.

Le silence fit soudain place à un joyeux brouhaha. Tout le monde se mettait en mouvement. Chacun éprouvait un immense soulagement et n'avait plus qu'une idée : faire oublier au maire la vilenie dont le village s'était rendu coupable.

Quand Sébastien Faure et sa femme revinrent sur la place, avec des paniers bien remplis, un grand changement s'était déjà opéré. Plusieurs tables avaient été installées, chargées de toutes sortes de vivres et décorées de bouquets de fleurs. Des familles entières convergeaient vers la mairie, avec de pleines corbeilles de vaisselle, de verres, de boissons et d'aliments : des jambons entiers, des confits, des pâtés, des saucisses, des vins, des liqueurs, des fruits en quantité. Jusqu'aux plus démunis qui s'étaient fait un point d'honneur de participer en offrant du pain, tout simplement, cuit au four la veille, ou des biscuits secs, de leur fabrication, qu'ils réservaient pour les grandes occasions. Jamais, même dans la mémoire des plus anciens, on avait vu une telle profusion de nourriture.

Le curé du village, qui s'était tant de fois désolé de l'avarice de ses paroissiens, pour en avoir été l'une des principales victimes, remerciait le ciel de ce retournement de situation. En les regardant passer, depuis le jardin du presbytère, avec leurs bras tout chargés de provisions, qui témoignaient de leur volonté de rachat, il se prenait déjà à rêver de plats de la quête tellement remplis de pièces que les enfants de chœur en semaient sur les dalles de l'église. Il lui semblait si bien en entendre le tintement que quelques passants purent observer sur son visage une expression de parfaite béatitude.

Lorsque toutes les tables furent prêtes, chacun s'installa et les mets commencèrent à circuler. Tout autour de la place, on entendit déboucher les bouteilles et, bientôt, les conversations s'animèrent. Des rires fusèrent de partout. Une douce euphorie gagna rapidement les convives. Pour le maire et son épouse, à qui l'on avait réservé une place d'honneur, force était de constater que l'incident du tonnelet venait de provoquer un bouleversement inattendu dans le comportement des villageois et ils s'en réjouissaient secrètement.

L'après-midi était déjà bien avancée lorsque les appétits parvinrent à s'apaiser. Alors s'élevèrent des chants, d'une table à l'autre, que parfois tout le monde reprenait en chœur. Puis, les deux musiciens du village, le joueur de vielle et le violoneux, allèrent chercher leurs instruments pour faire danser l'assistance.

Dès les premières mesures, des couples s'élancèrent sur la place, gambadant et virevoltant, tapant des pieds et des mains ou accompagnant la musique par des sifflements et des petits cris perçants. Quelques anciens, gagnés par cette frénésie, se mêlèrent aux danseurs, avec des pas un peu moins assurés, non du fait de leurs âges, mais en raison de mets trop copieux et un peu plus arrosés que de coutume.

Pendant tout le repas, Antonin avait multiplié les prévenances envers les époux Faure, veillant à ce qu'ils ne manquassent de rien. Sébastien comprenait l'embarras de son adjoint et s'apitoyait de le voir endosser seul un impair collectif. Il aurait aimé lui mettre un peu de baume au cœur en lui rendant compte de la visite qu'il avait faite au préfet quelques jours auparavant. Le sujet de sa succession ayant été abordé, il avait insisté sur les qualités d'Antonin Roques, avançant que son premier adjoint, un homme encore dans la force de l'âge, lui paraissait le plus apte à le remplacer.

Le représentant du pouvoir ne s'était pas montré hostile à cette candidature. Cependant, la décision n'appartenait qu'à lui seul et Sébastien ne voulait en rien donner à Antonin la moindre illusion qui pût être déçue par la suite.

Le maire souhaitait donc qu'Antonin ne vécût que quelques jours de purgatoire, avant de connaître la nomination à laquelle il aspirait. C'était un homme avec le défaut de tous ses concitoyens, c'est-à-dire, de manière à ne pas être trop sévère, possédant un sens aigu de l'économie. Mais, après tout, cela pouvait être un atout pour ce qui touchait à la gestion des fonds communaux. Et puis, il lui avait appris à respecter tous les administrés, sans faire de favoritisme, être attentif à leurs désirs, partager leurs joies et leurs peines, se montrer aussi disponible qu'il était possible. Il espérait qu'Antonin saurait retenir ces leçons, s'il venait effectivement à lui succéder, et se faisait fort de les lui remettre en mémoire suivant les circonstances.

En fin d'après-midi, les danseurs commencèrent à montrer des signes de fatigue. De nombreuses femmes le constatèrent avec soulagement parce que leurs maris s'étant laissé aller à boire au-delà de l'ordinaire elles s'inquiétaient fort de savoir si les replis vers les demeures pourraient s'effectuer en bon ordre. Et puis, il fallait bien aller soigner et traire les bêtes avant que la nuit tombe car, malgré cette journée de grande prodigalité, on n'abandonnait pas encore l'idée d'économiser des bouts de chandelles.

Petit à petit, les villageois entreprirent de ranger la vaisselle dans les corbeilles avec les restes de victuailles. Puis, ils aidèrent Victor à rentrer les tables et les chaises dans son café et à démonter les buffets improvisés. Ils se séparèrent cependant avec grand regret tant ils s'étaient divertis au cours de cet après-midi et l'idée de renouveler ces réjouissances dès que possible fut adoptée à l'unanimité.

L'occasion ne tarda pas à se présenter puisque Antonin reçut, deux mois plus tard, sa nomination de la part du préfet. Les deux maires, l'ancien et le nouveau, organisèrent la nouvelle fête côte à côte et ils purent se satisfaire, cette fois encore, de sa parfaite réussite.

L'année suivante, les deux hommes imaginèrent de recevoir les maires des villages voisins et ils élargirent ensuite l'invitation à tous leurs administrés. Ce rendez-vous prit, peu à peu, des proportions gigantesques. On accourut de tout le Quercy Blanc pour y participer et l'affligeante affaire du tonnelet, qui avait porté la réputation d'avarice des villageois à son sommet, fut bientôt oubliée.

Le tonnelet, à propos, avait disparu le soir de la fête. Quelqu'un s'était empressé d'escamoter l'objet honteux. Quelle ne fut donc pas la surprise de Sébastien Faure lorsqu'il découvrit, un an plus tard, le récipient posé devant sa porte. Tout enrubanné, il était accompagné d'un message rédigé en lettres appliquées : « A notre ancien maire, pour que le contenu de ce tonnelet lui apporte une longue vie. ».

Sébastien alla aussitôt quérir un verre dans sa cuisine et le plaça sous le robinet. Le liquide qu'il recueillit était d'un beau brun et l'odeur qui se répandit lui flatta agréablement les narines. Il reconnut que c'était là un spiritueux à base de noix, un brou dans l'élaboration duquel ses concitoyens avaient su passer maîtres. Avant de le goûter, ne doutant pas qu'on devait l'observer derrière quelques volets des maisons voisines, il leva son verre à bout de bras et lui fit décrire un lent arc de cercle afin de montrer qu'il saluait le ou les généreux donateurs. Puis il absorba doucement le breuvage, lui laissant le temps de bien imprégner sa langue et son palais. C'était un nectar et Sébastien hocha la tête plusieurs fois pour marquer sa satisfaction au public invisible.

Il ne sut jamais qui était l'instigateur de ce cadeau réparateur. Antonin, très certainement, aidé de quelques complices et, pourquoi pas, par le village tout entier. Dans le doute, il prit l'habitude, après souper, de s'asseoir sur une chaise, devant sa maison, et de déguster cet élixir en levant son verre en direction des passants, façon de leur montrer qu'il faisait grand cas de leur présent.

Ce breuvage avait-il des vertus conservatrices, comme l'avançait le message ? Nul n'aurait pu l'affirmer. Mais toujours est-il que Sébastien atteignit un grand âge et la légende veut qu'il s'éteignit après avoir bu la dernière goutte de la précieuse liqueur contenue dans le tonnelet.

LE PONT DES ÂMES

Pendant la guerre de Cent ans, le Quercy fut ravagé par de nombreuses batailles. On ne comptait plus les villages pris et repris, les châteaux incendiés ou démantelés, les églises profanées et pillées. Sans compter la peste noire qui se répandit longuement sur toute la France et à laquelle la province paya un lourd tribut. Mais la population eut peut-être à souffrir plus encore des exactions des mercenaires recrutés par les rois de France et d'Angleterre. Une soldatesque soudoyée par l'un ou l'autre camp, plus ou moins bien encadrée au cours des combats, mais qui se retrouvait totalement livrée à elle-même pendant les périodes de trêve. Alors, privés de toutes ressources, ces hommes, qui n'avaient connu d'autre métier que celui des armes, se constituaient en bandes et se livraient aux pillages, aux viols et aux tortures, terrorisant les populations, rançonnant les villes, détroussant les marchands qui osaient s'aventurer sur les routes et se disputant âprement des villages dont ils voulaient s'assurer le contrôle.

A la tête de l'une de ces troupes sévissait un petit seigneur gourdonnais, Hugues de Carvalac, un être cruel et dépravé que son père avait banni de ses terres. C'était un colosse de près de six pieds, un homme d'une quarantaine d'années, au surnom expressif de « Tête Rouge », en raison d'une chevelure flamboyante qui captait de loin le regard. Il s'était entouré de gredins de la pire espèce qui lui obéissaient au doigt et à l'œil, mettant surtout un grand zèle à satisfaire les plus noirs de ses desseins.

Prenant tantôt parti pour le roi de France, tantôt pour celui d'Angleterre, Hugues de Carvalac s'était taillé un important territoire dans la vallée du Célé, s'emparant de terres réputées parmi les plus fertiles et repoussant ses adversaires vers les collines arides des causses. Il s'était installé dans un superbe manoir dont il avait expulsé le propriétaire, Bertrand de Bornes, un vieux seigneur de tempérament pacifique, trop peu entouré pour lui opposer la moindre résistance. Il avait, par contre, empêché tous ceux qui dépendaient de l'ancien maître de s'enfuir afin de s'assurer une main-d'œuvre qu'il comptait rendre la plus docile possible.

« Tête Rouge » fit aussitôt régner la terreur sur ses sujets, les écrasant de corvées et d'impôts et envoyant ses soudards piller les fermes des récalcitrants. La révolte d'un village fut réprimée, à titre d'exemple, avec la plus extrême violence, toutes les maisons étant incendiées et les hommes passés au fil de l'épée.

La population, gagnée par le désespoir, ne savait plus à quel saint se vouer. Les moines de la plus proche communauté religieuse, qui ne brillaient ni par leur courage, ni par leur haute moralité, ne trouvaient à leur prêcher que la résignation et l'espoir en un monde meilleur. Les malheureux n'accordaient plus leur confiance qu'en un vieil ermite, aux mœurs irréprochables, qui vivait retiré dans une grotte, au pied d'une falaise, et leur redonnait courage en leur assurant qu'ils seraient bientôt délivrés de leurs bourreaux. Le vieillard en paraissait tellement convaincu qu'ils se prenaient parfois à y croire et s'en trouvaient quelque peu réconfortés.

Peu de temps après que Hugues de Carvalac eut pris possession du manoir, les Anglais évacuèrent le Quercy. Le tyran, craignant d'avoir à rendre des comptes, tôt ou tard, pour tous les crimes qu'il avait à se reprocher, décida de rendre sa demeure imprenable et demanda à ce qu'elle soit entourée de solides remparts et de tours de défense. Il confia la besogne à l'ancien architecte de Bertrand de Bornes, Pierre Froment, qu'il avait pris comme otage avec les autres sujets. Il mit à sa disposition tous les hommes valides et même des enfants afin que les travaux fussent réalisés au plus vite. Cela devait s'accomplir sous l'œil de ses reîtres, à qui il avait ordonné de n'accorder aucun repos à cette main-d'œuvre. Les coups pleuvaient donc sur tous ceux qui ne semblaient pas mettre assez d'ardeur à la tâche. L'architecte, qui tenta plusieurs fois de s'interposer, fut un des plus malmenés.

Lorsque les murailles et les autres ouvrages de défense furent achevés, Pierre Froment crut que tout le monde allait pouvoir enfin souffler, mais « Tête Rouge » le convoqua à nouveau. Il le reçut, assis derrière une table encore chargée de victuailles qu'il avait partagées avec ses lieutenants. Maintenant, il voulait que l'architecte lui construisît un pont. Il existait pourtant une passerelle en bois qui franchissait le Célé à quelque distance du château. Un ouvrage un peu trop étroit puisque les charrettes nc pouvaient l'emprunter, mais qui permettait tout de même le passage des personnes et des bêtes. C'est ce que l'architecte fit observer, arguant de la fatigue de tous ceux qui l'avaient aidé à fortifier le manoir.

Mais, « Tête Rouge » n'avait que faire des remarques de Pierre Froment, bien qu'il eût à se satisfaire du travail que celui-ci avait accompli. A la suite d'un voyage qui l'avait conduit à Cahors, il était rentré émerveillé de ce qu'il avait vu dans cette ville et surtout par les ponts fortifiés qui avaient permis aux habitants de résister aux assauts anglais. « Tête Rouge » voulait son pont. Il ne pensait nullement à un ouvrage fortifié, car cela eut pris trop de temps et n'avait aucun intérêt stratégique. Le Célé, au contraire du Lot, n'était pas une rivière assez large pour constituer une véritable défense naturelle et il était souvent guéable en été. Non, il lui fallait un simple mais beau pont en pierre afin de rendre jaloux tous les autres seigneurs du voisinage et leur montrer sa puissance, car ces constructions étaient encore assez rares dans tout le royaume de France. De plus, la paix retrouvée allait amener une reprise des échanges commerciaux et cet homme cupide envisageait déjà d'instaurer un droit de péage sur toutes les marchandises qui transiteraient par son pont.

– Combien de temps te faudra-t-il pour exécuter les travaux ? fit Hugues de Carvalac à son bâtisseur. Cette question embarrassa fort l'architecte. Connaissant bien son interlocuteur, il s'avança avec prudence :

– Comment pourrais-je vous répondre avec certitude, maître. Nous atteindrons bientôt mai. Dans deux mois et demi commenceront les moissons, suivies du battage des récoltes. Vos sujets ont besoin de celles-ci pour faire vivre leurs familles et vous payer la taille... »

Un brutal coup de poing asséné sur la table, l'interrompit, faisant danser les écuelles, gobelets et couverts qui l'encombraient.

– Je ne t'ai pas fait venir pour me donner des leçons ! tonna le géant, il te faut de la main-d'œuvre, je le sais très bien, et tu l'auras. Les femmes faucheront les blés et les enfants les mettront en gerbes. Quant au battage, point n'est besoin de manier le fléau, que diable ! Des ânes ou des bœufs piétinant la récolte font aussi bien l'affaire !

– A condition d'en posséder, répondit l'architecte, je connais bien des gens qui n'ont ni les uns, ni les autres. La guerre est passée par là et beaucoup étaient dans un tel besoin qu'ils ont dû vendre leurs bêtes. Vos hommes, en plus, leur prennent le peu qui leur reste.

« Tête Rouge » mérita soudain pleinement son surnom. Son visage s'embrasa de colère.

– Mais, dis donc, tu fais bien l'insolent, espèce de vermine ! De quel droit critiques-tu mes hommes ? S'il y en a un ici qui peut se permettre de les juger, c'est moi, et moi seul.

Maintenant, écoute-moi, une bonne fois pour toutes. Je veux que dans six mois, et pas un jour de plus, le pont soit terminé, sinon… »

Le tyran interrompit sa phrase pour saisir sur la table un couteau à dépecer la viande. Il le pointa en direction de l'architecte.

– Tu le vois, celui-là, il me servira à te découper les oreilles si tu ne respectes pas mes délais. Tu as de la chance, les jours sont longs en ce moment. Et, si ça ne suffit pas, continua-t-il, avec un mauvais sourire, tu pourras toujours travailler à la lueur des torches. Allez, file ! je crois que tu n'as pas de temps à perdre !

Pierre Froment s'esquiva sans demander son reste, maudissant le sort qui l'avait jeté entre les mains de cette brute. S'enfuir avec sa famille, il y avait bien songé. Mais, comment s'y prendre, alors que « Tête Rouge », comme s'il avait prévu cette éventualité, faisait surveiller sa maison jour et nuit ? Pour aller où, du reste, alors que tout, aux environs, avait été ravagé et que les loups s'étaient appropriés les quelques maisons qui tenaient encore un peu debout.

Il se rendit sur les bords du Célé afin de choisir le terrain le plus favorable à la construction du pont, puis rentra chez lui jeter ses premiers projets sur un parchemin. Il mesura la difficulté de la tâche. La solidité de l'ouvrage exigeait la construction de deux arches. Six mois ! C'était de la folie ! Par chance, les eaux de la rivière étaient basses, ce qui allait faciliter la pause des échafaudages, mais tout bien entouré qu'il espérait être, il savait que tailleurs de pierres, charpentiers et maçons devraient se dépenser de l'aube au crépuscule et que, tôt ou tard, la qualité de leur travail s'en ressentirait. A soixante ans, et de santé fragile, lui-même ne savait comment il pourrait faire front.

Le lendemain, il convoqua tout son monde et exposa les exigences de « Tête Rouge », sans omettre les menaces que celui-ci avait faites de lui couper les oreilles. Les hommes se regardaient, atterrés, sans oser formuler la moindre protestation, attendu que la réunion se tenait sous les yeux de complices du despote. Force était de s'incliner, car tous craignaient des représailles. Le souvenir était vif du village qui s'était rebellé et l'avait payé au prix fort. Aussi, c'est avec la tête basse et la gorge serrée que chacun gagna son poste de travail.

Pendant les deux premiers mois, les choses allèrent assez bon train. Mais, ensuite, la chaleur arriva, supportable en début de matinée, intolérable, par contre, l'après-midi. Les brigands, chargés de surveiller la main-d'œuvre, en souffraient, eux aussi, et étanchaient leur soif avec de grandes rasades de vin. La température aidant, quelques uns plongeaient parfois dans de longs sommeils. Les ouvriers en profitaient pour ralentir la cadence et, lorsque le temps des moissons arriva, certains désertèrent même les chantiers afin d'aller aider leurs familles. L'architecte voyait tout cela, mais qu'aurait-il pu dire ? De nombreux villageois étaient au bord de la famine et craignaient de voir leurs récoltes compromises. Pendant qu'ils étaient là à trimer, pour satisfaire la folie des grandeurs de leur maître, un orage pouvait anéantir d'un seul coup toute une année de labeur.

Trois mois après le début des travaux, point n'était besoin d'être grand sorcier pour comprendre que l'objectif fixé par « Tête Rouge » n'avait aucune chance d'être atteint. Pierre Froment ne voyait pas ce qui pourrait le sauver de la mutilation promise par le tyran.

– Que le diable m'emporte si je parviens à me tirer de cette situation ! marmonnait-il, un matin, alors qu'il se rendait à son travail, plein de désespérance.

– Tu m'as appelé, l'architecte ? fit, dans son dos, une voix à l'étrange résonance.

Une odeur de soufre flottait brusquement autour de lui. Il se retourna et vit un homme planté au milieu du chemin, là où il venait juste de passer. Un homme, ou plutôt un être d'apparence humaine, vêtu d'une grande cape noire qui lui descendait jusqu'aux pieds. Il était coiffé d'un bonnet rouge, d'où saillaient deux petites cornes et dont s'échappait une longue mèche brune qui barrait, en oblique, le côté gauche de son front. Sous un nez droit et pointu, il arborait une moustache que Pierre trouva grotesque, deux petites touffes de poils scrupuleusement taillées au carré. Entre les paupières, luisaient des yeux féroces, aussi rouges que le bonnet.

Des narines et des oreilles s'échappaient des bouffées de fumée. Son haleine était pestilentielle.

– Lou diaple ! (Le diable !) s'exclama l'architecte.

– C'est me faire trop d'honneur, lui répondit la créature, je ne suis que l'un de ses envoyés. Mais j'ai tout pouvoir pour négocier à sa place.

– Et négocier quoi ? l'interrogea Pierre.

– Mais ton âme, pauvre pêcheur, ton âme.

– Mon âme n'est pas à vendre. Dieu seul jugera de ce qu'il veut en faire.

En entendant le nom de Dieu, le démon se signa prestement à l'envers.

– Je ne sais si celui dont tu parles pourra intervenir en ta faveur mais, nous, nous te proposons un marché. Les travaux terminés dans les temps et tes oreilles garanties bien accrochées sur ta tête jusqu'à la fin de ta vie… ». Le représentant de Satan laissa apparaître un sourire carnassier avant de reprendre : « …contre ton âme, ensuite, et, bien évidemment, le plus vite possible ».

Pierre réfléchit rapidement. Cet émissaire de l'enfer se disait chargé de négocier. « Soit, négocions, pourquoi pas ! pensa-t-il, mais j'estime, moi, que mon âme a assez de valeur pour que je la marchande quelque peu ». L'idée de sauver ses oreilles ne le laissait pas indifférent, mais le prix à payer lui paraissait trop lourd. Il décida de ruser.

– Ecoute, démon ! Je tiens à mon âme encore plus qu'à mes oreilles et, un contrat en valant un autre, j'aimerais te soumettre le mien.

– Dis toujours.

– Voilà ! je te joue mon au-delà sur une énigme. Si tu trouves la solution, mon âme sera à vous à mon trépas.

– Et si je perds ?

– En fait, tu ne perdras pas réellement, car tu auras une autre âme en échange de la mienne et, de celle-là, ton maître pourra en disposer de suite.

– En disposer de suite ! Et comment donc ?

– Je ne sais pas moi, c'est votre affaire. Vous êtes tout à fait en mesure, je pense, d'arranger un petit accident mortel. Et, d'ailleurs, Dieu ne vous contestera pas cette âme, il vous la cèdera même de bon cœur.

Au nom de Dieu, le diable se signa à nouveau à l'envers avant de questionner :

– Mais à qui donc veux-tu que nous la prenions ?

– A celui qui le jour de la bénédiction du pont le franchira le premier.

– Pouah ! ne me parle pas de bénédiction. J'ai horreur de ce mot ! Ton marché, ceci dit, me paraît acceptable et il se trouve que je suis assez joueur. D'autant plus que tu me parais un peu présomptueux de penser que je pourrais ne pas répondre à ta devinette. Allez, vas-y, je t'écoute !

L'architecte, conscient de l'importance de l'enjeu, s'accorda quelques secondes, le temps d'une ultime réflexion. Puis, espérant que le Malin, comme on appelait encore le grand Satan, ne lui avait pas envoyé le plus dégourdi de ses subalternes, il se lança :

– Eh bien ! la voici : « Je commence le doigt et termine le pied. »

– Ah ! ah ! s'esclaffa le démon, avec un rire qui tenait autant des craquètements d'une crécelle que des grincements d'une porte aux gonds mal graissés, c'est ridiculement facile. C'est un ongle, bien sûr !

– Trop facile, justement, ça n'est absolument pas la réponse.

– Te trufos de iou ! me voles enganar ! (Tu te moques de moi ! Tu veux me tromper !) fit le démon, qui, comme ses semblables, maniait parfaitement toutes les langues, y compris l'occitan. Si ce n'est pas un ongle, alors, c'est une phalange.

– Encore raté !

Une épaisse fumée sortait des oreilles de l'envoyé du diable, signe d'une intense concentration.

– Ah ! j'y suis ! C'est ça, tu croyais m'avoir, hein ? C'est un durillon.

– Et pourquoi donc un durillon ?

Le diable, perdant pied, bafouilla, essaya de convaincre :

– Fagues pas l'ase ! (Ne fais pas l'âne !) Tu sais très bien ce qu'est un durillon ; c'est la corne qui se forme aux mains et aux pieds de ceux qui travaillent dur et sont trop mal chaussés. Hé ! hé ! un petit avant-goût de l'enfer ! acheva-t-il en ricanant.

– Tu t'éloignes de plus en plus de la réponse, si tant est que tu en aies véritablement approché.

Le démon, mauvais joueur, ne put s'empêcher de trépigner de colère.

– C'est bon ! c'est bon ! tu as gagné ! Je n'ai pas davantage de temps à gaspiller. Je suis surchargé de travail aujourd'hui. De toute façon, que ce soit de Pierre, de Paul ou de Jacques, une âme est une âme et Satan nous demande de faire du chiffre. La qualité vient après.

– Qu'est-ce que tu appelles la qualité ?

– Nous apprécions la qualité de l'âme par rapport à sa pureté.

Il est certain qu'une âme sans tache arrachée au paradis nous importe plus que celle qui nous est trop facilement acquise. La tienne, je dois te le dire, nous intéresse, car tu as, jusque là, fort peu fauté. Malgré ça, nous ne perdons pas espoir de nous en emparer. Disons que notre céleste adversaire, dont nous nous gardons de prononcer le nom, se charge de reconnaître les siens et nous nous occupons des autres. Mais il n'est pas interdit de tricher à l'occasion.

Sur ces derniers mots, le démon éclata d'un rire sardonique et ses yeux brillèrent de convoitise. Puis il balaya l'espace d'un revers de main avec un air agacé :

– Allons, le temps presse ! Je suis impatient de connaître la solution de ton énigme.

– J'y arrive. Je t'ai dit : « je commence le doigt et termine le pied », tu es bien d'accord ?

Le démon hocha la tête, attentif.

– Eh bien ! c'est le d.

– De quoi le dé ! Un dé se porte au doigt, j'en conviens, mais pas au pied ! tu me prends pour un imbécile !

– Je ne me permettrais pas, fit l'architecte, ironique. Mais, non, je te parle de la lettre d de l'alphabet qui débute le mot doigt et finit le mot pied.

Le suppôt de Satan se frappa le front du plat d'une main et explosa de rire, ce qui fit fuir une volée de moineaux d'un buisson voisin.

– Ah ! j'avoue que tu m'as bien eu ! Ta devinette va faire un succès en enfer. Si tu en as d'autres de ce genre nous serions ravis de t'accueillir parmi nous.

– Ce serait avec plaisir, plaisanta Pierre, mais les anges m'ont déjà retenu et je pense que j'apprécierai mieux leur compagnie que la vôtre.

– Bon ! trêve de subtilité. Passons à la signature du contrat.

Le démon sortit de sous sa cape un parchemin qu'il déroula sous les yeux de l'architecte. Celui-ci put y lire :

« Moi, Pierre Froment, lié par serment, reconnais faire don de mon âme à mon décès, en échange de l'achèvement des travaux de construction d'un pont, dans les délais fixés par mon maître Hugues de Carvalac ».

Ce texte était rayé en croix et suivi d'un second qui constituait le nouveau pacte :

« Moi, Pierre Froment, prends acte de la résiliation du contrat précédent, attendu que mon âme a été échangée contre celle de l'individu qui, le premier, franchira le pont le jour de son ouverture au public dans les délais prévus. Lequel individu, suivant ma suggestion, rejoindra l'enfer à cet instant précis ».

L'architecte relut plusieurs fois le texte pour s'assurer qu'il ne dissimulait pas quelque piège, puis hocha la tête en guise d'assentiment.

Le démon lui tendit alors une plume et un petit encrier qu'il tira, là encore, de sa cape.

– Tu n'as plus qu'à signer. Et rappelle-toi que nous, démons, savons tenir parole.

– J'espère de tout cœur que vous la respecterez dans l'affaire qui m'intéresse, fit l'architecte en paraphant le texte.

Il tendit le parchemin à son interlocuteur qui, à peine après l'avoir saisi, disparut dans un nuage rouge.

Pierre aspira goulûment l'air. Ce démon aurait dû surveiller son haleine. Il en avait été si incommodé qu'il restait encore au bord de la nausée.

Il repartit d'un pied léger, tout heureux d'avoir roulé le diable et sauvé ses oreilles. Lorsqu'il arriva sur le chantier, il remarqua immédiatement un changement dans l'attitude de ses ouvriers. Eux qui, depuis quelques jours, malgré la vigilance des gardiens, mettaient de plus en plus de temps à exécuter leurs tâches semblaient maintenant animés par une nouvelle énergie. C'était à celui qui montrerait le plus de zèle.

Plus les semaines passèrent et plus la cadence s'accéléra. Une cadence infernale, pensa l'architecte avec un rien d'amusement, car il avait compris la raison de ce revirement. Il pouvait constater que Satan honorait son engagement.

Vint enfin le moment où les dernières pierres allaient être posées. Les hommes étaient de quinze jours en avance sur la date exigée par Hugues de Carvalac. Pierre s'en alla trouver celui-ci afin de fixer avec lui le rituel qui, dès le lendemain, accompagnerait l'ouverture du pont à la circulation.

– Seigneur, fit-il au tyran, les travaux s'achèvent aujourd'hui, avec une bonne avance, comme vous pouvez le constater.

– Je vois que la menace de te couper les oreilles t'a donné des ailes, se contenta de dire le géant, peu prodigue de compliments.

– Seigneur, je pense que l'honneur vous revient de franchir le premier l'ouvrage, puisque c'est vous qui avez eu l'idée de le faire construire.

– Ça me parait, en effet, la moindre des choses.

– Nous vous demandons seulement que le pont soit consacré par le vieil ermite qui vit au pied de la falaise.

– Ce genre de pratique n'entre pas dans mes préoccupations mais, si vous considérez que c'est dans l'ordre des choses, alors, va pour le vieil ermite, répondit « Tête Rouge » en haussant les épaules.

Pierre se retira satisfait. La première partie du plan qu'il avait conçu, depuis sa rencontre avec le démon, venait de se mettre en place. Il se rendit ensuite auprès de l'ermite qu'il eut quelque mal à convaincre de venir bénir le pont.

– L'idée de côtoyer « Tête Rouge » me répugne, dit le religieux. J'avais laissé espérer aux villageois la disparition de ce barbare et je me désole chaque jour de constater que Dieu ne semble pas m'entendre.

– Ne cessez donc pas vos prières, lui répondit Pierre, car

votre vœu pourrait bien être exaucé plus vite que vous ne le pensez.

– Puisse le Père éternel vous donner raison, mon brave, conclut l'ermite dont le visage s'illumina d'espoir.

Avant de quitter le vieil homme, Pierre lui conseilla expressément de ne pas franchir le pont le premier. Puis, il s'en alla, l'esprit libre de toute appréhension. Comment son plan pourrait-il échouer désormais, alors qu'il avait à la fois le ciel et l'enfer dans son camp, porté par les prières d'un saint homme d'un côté et fort d'un pacte signé avec le diable de l'autre ? Restait à s'assurer de l'appui d'hommes résolus. Il alla, toute la journée, de villages en villages et de hameaux en hameaux, à la rencontre de tous ceux à qui il accordait quelque confiance pour leur expliquer que le moment était venu de s'affranchir de la tyrannie d'Hugues de Carvalac et de sa racaille. A tous, il exposa son plan qui souleva un grand enthousiasme et lui permit de compter sur un important soutien.

Sans l'intervention de l'architecte, la cérémonie d'ouverture du pont se fut sans doute déroulée dans l'indifférence générale. Pour la population, cet ouvrage n'était qu'un caprice de seigneur qui avait consommé beaucoup d'énergies et considérablement retardé les travaux agricoles. Mais, devant l'insistance de Pierre, qui avait sollicité son concours, elle avait répondu présent.

En ce doux matin d'octobre, la foule se pressait donc de chaque côté du pont, le long du Célé. Tout le monde avait les yeux tournés vers le large chemin bordé d'ormes centenaires qui menait au manoir d'Hugues de Carvalac. Lorsque celui-ci apparut, dans l'ombre des arbres, le silence se fit dans les rangs des spectateurs. « Tête Rouge » avait enfilé une lourde cuirasse qui rendait son immense silhouette plus impressionnante encore. Il précédait une dizaine de ses lieutenants, eux aussi cuirassés et armés. Venait ensuite l'ermite, simplement revêtu d'une robe de bure et qui tenait bien haut une modeste croix de bois, puis Pierre Froment et, enfin, quelques soldats porteurs de piques.

Pierre parcourut rapidement du regard la foule massée à l'entrée du pont. Il reconnut nombre des hommes qu'il avait contactés la veille et qui s'étaient placés au premier rang. Il remarqua, surtout, qu'un gros nuage noir se formait en ce moment dans un ciel qui était jusque là parfaitement limpide.

Le cortège arrivait à l'entrée du pont lorsqu'une femme se jeta aux pieds de « Tête Rouge », lui enserrant les jambes de ses bras. Elle le suppliait d'accorder grâce à son mari qui devait être pendu le lendemain pour avoir dissimulé des sacs de blé. Le despote, agacé, essayait de se dégager. Toute son escorte s'arrêta. Seul, l'ermite poursuivit son chemin, toujours en brandissant sa croix. L'architecte s'aperçut, avec effroi, que le vieil homme, oubliant ses recommandations, s'apprêtait à franchir le pont.

Satan et ses démons, qui observaient la scène, n'en croyaient pas leurs yeux. Ainsi c'était de l'ermite que l'architecte avait joué l'âme avec sa devinette ! Quel motif avait donc pu le pousser ?

– Oh ! brigand de Diou ! (Oh ! brigand de Dieu !), s'exclama Satan, qui aimait employer ce juron lorsqu'il était au comble de la jubilation. S'emparer de l'âme de cet homme sans tache était de loin la plus belle nique qu'il pouvait faire à son céleste ennemi.

N'hésitant pas à bousculer plusieurs des acolytes de « Tête Rouge », Pierre se précipita vers l'ermite et parvint à le retenir de justesse en saisissant un pan de sa robe.

– Comment, fit-il en fronçant les sourcils et en élevant la voix autant qu'il le pouvait, vous voudriez ôter à notre seigneur l'honneur qui lui revient de s'avancer le premier sur le pont !

Et, dans un chuchotement, il glissa :

– Malheureux ! un pas de plus et vous perdiez la vie !

L'ermite le regarda avec un air un peu ahuri, ignorant évidemment le pacte que l'architecte avait conclu avec le diable, mais il se souvint brusquement de ses conseils de la veille et ne bougea plus.

– Couqui de sort ! (Coquin de sort !) s'écria Satan, explosant de colère, cet architecte nous aura couillonnés jusqu'au bout !

Pendant ce temps, en effet, Hugues de Carvalac avait réussi à se débarrasser de l'importune quémandeuse qui lui gâchait la fête et il arriva enfin sur le pont. Mais il ne put guère en franchir que quelques mètres car, du gros nuage qui achevait d'obscurcir le ciel, descendit soudainement sur lui un aveuglant éclair, accompagné d'une formidable déflagration qui fit sursauter la foule.

« Tête Rouge » vacilla deux à trois secondes avant de s'abattre lourdement, les bras en croix. Comme en écho au tonnerre, le bruit de sa cuirasse heurtant les pierres résonna longuement.

La majorité des témoins de cet évènement resta un instant interdite. Mais, pour les hommes que Pierre avait mis dans la confidence, il ne fallut qu'un instant avant de passer à l'action. Sortant des armes qu'ils avaient dissimulées sous leurs vêtements, ils se jetèrent sur les lieutenants de « Tête Rouge » et les anéantirent, avant même que ceux-ci aient eu le temps d'esquisser un geste pour se défendre. Les autres complices, privés de chefs et rapidement submergés par une foule déchaînée, ne purent que se rendre afin d'avoir la vie sauve. Ils furent promptement ligotés, bâillonnés et enfermés dans une grange.

Pierre et ses compagnons ne perdirent pas de temps à se congratuler, car restait à frapper le dernier coup et pas le moindre : attaquer le reste de la bande cantonné dans le manoir. Pour ce faire, l'architecte avait imaginé un stratagème qu'il espérait bien voir fonctionner avec un plein succès.

Considérant que la garnison resterait dans l'ignorance des évènements qui se dérouleraient sur le pont, en raison de la distance et surtout du rideau d'arbres qui faisait écran, il avait pensé que, là encore, ils pourraient agir en toute surprise.

D'une grange toute proche furent sorties trois grandes charrettes, préalablement attelées, sur lesquelles reposaient des catafalques improvisés recouverts de draps blancs. Sur la première, on hissa le cadavre de « Tête Rouge » et il ne fallut pas moins de douze hommes pour y parvenir. Sur les deux autres, les corps de quatre des lieutenants de l'ex-tyran que l'on couvrit de couvertures jusqu'au visage afin que n'apparaissent pas de blessures qui pussent éveiller des soupçons. Sous les catafalques, se dissimulèrent quelques hommes qui y glissèrent, en même temps, toutes les armes enlevées aux brigands. Puis, les trois charrettes prirent la direction du manoir.

En tête marchait l'ermite, toujours porteur de sa croix, un peu dépassé par les évènements, mais qui avait accepté de se prêter à cette dernière manœuvre. Pierre et les autres hommes, dont ceux qui conduisaient les charrettes, suivaient, le bonnet à la main, simulant le respect pour les morts qu'ils accompagnaient. Ainsi se présentèrent-ils devant la barbacane, seule porte d'entrée et ouvrage principal de défense de l'enceinte qui entourait le manoir.

Les gardes, qui attendaient le retour de « Tête Rouge » et de ses complices, n'avaient pas jugé bon de refermer la porte. Leur commandant, toutefois, s'inquiéta de ce cortège qui s'avançait vers eux et, avisant l'architecte, l'interpella :

– Que viens-tu faire ici, bâtard, avec toute ta troupe de gueux ?

– Nous venons vous porter les corps de votre seigneur et de quatre de ses fidèles afin que leur soit rendu un dernier hommage.

A ces mots, le commandant, un peu hésitant, s'avança et reconnut les visages des cinq dépouilles.

– Mais, que s'est-il donc passé et où sont les autres ? parvint-il à articuler, totalement saisi par le macabre spectacle qui lui était proposé.

– N'avez-vous point entendu le bruit du tonnerre ? l'interrogea Pierre.

– Bien sûr ! Comment ne l'aurions-nous pu, c'était plus fort encore que le tir d'un canon !

– Eh bien ! sachez que la foudre a frappé à mort les cinq hommes que nous vous ramenons et a blessé plusieurs de vos chefs, ainsi que des gardes qui les accompagnaient. Aussi vos compagnons s'emploient-ils à soigner les plus atteints avec l'aide de la population.

Totalement abasourdi par ces nouvelles et perdant toute méfiance, le commandant ne s'opposa pas à l'entrée du cortège. A peine les trois charrettes eurent-elles franchi l'enceinte que les hommes dissimulés sous les catafalques jaillirent afin de distribuer les armes qui leur avaient été confiées. Le commandant et ses gardes furent promptement exécutés, puis les compagnons de Pierre se répandirent par petits groupes à l'intérieur de l'enceinte pour donner la chasse aux autres défenseurs du manoir. Ceux-ci, frappés de stupeur, n'opposèrent qu'une faible résistance et beaucoup se rendirent sans même combattre. Les quelques ribaudes qui leur servaient de compagnes se ruèrent vers la barbacane et s'éparpillèrent dans la nature en hurlant de terreur.

L'architecte, sans le savoir, venait de réinventer la ruse du cheval de Troie qui avait si bien réussi aux Grecs d'Agamemnon. Seuls, quelques uns de ses hommes avaient reçu de légères blessures dont ils pourraient s'enorgueillir plus tard.

Pierre et ses compagnons prirent le chemin du retour en escortant leurs prisonniers et poussant de tels cris de victoire que la foule comprit que la délivrance était totale. Tout le reste de la journée et jusque tard dans la nuit, tous les villageois rassemblés dansèrent et chantèrent pour célébrer la fin de leur servitude.

Alors que s'achevaient ces réjouissances, on entendit un très grand bruit en provenance du Célé. Plusieurs hommes, portant des torches, se précipitèrent pour s'informer des raisons de ce vacarme et constatèrent que le pont s'était effondré dans le lit de la rivière. Ce n'était plus qu'un amas informe de pierres dans lequel les eaux se frayaient difficilement passage. On aurait cherché, en vain, toute trace d'arches ou de piles. La destruction était totale et paraissait avoir été accomplie si méthodiquement que les témoins de ce désastre mirent immédiatement les bâtisseurs hors de cause. L'architecte, bientôt informé, comprit que Satan, ayant cru un moment s'emparer de l'âme de l'ermite et déçu dans cet espoir, avait voulu se venger de lui. Personne, pourtant, pas même parmi ceux qui avaient été impliqués dans la construction de ce pont, ne manifesta le moindre regret tant il était devenu, de jour en jour, un symbole de la tyrannie. Et puis, il restait la passerelle en bois dont tous s'accommodaient si bien avant l'arrivée de « Tête Rouge » et qu'ils continueraient à utiliser. C'est ce que beaucoup tinrent à exprimer à Pierre qui ne pouvait s'empêcher de regretter tant de travail perdu.

Le lendemain, toutes les charrettes disponibles furent attelées et conduites au manoir où les hommes les chargèrent de tout ce qu'il subsistait des biens qu'Hugues de Carvalac s'était appropriés aux dépens de ses sujets. Ils furent redistribués en fonction des préjudices que les familles avaient subis. Les écuries livrèrent de fort beaux chevaux qui constituèrent, de loin, la plus belle part du butin.

Ces montures permirent à Pierre et quelques uns de ses compagnons de se rendre, quelques jours plus tard, à Cahors, où Bertrand de Bornes avait trouvé refuge avec sa famille. Ils voulaient l'inviter à reprendre possession de ses terres.

Le vieux seigneur fut ravi d'apprendre la mort de celui qui l'avait usurpé et se montra fort ému de l'attachement que lui portaient ses sujets. Il était si pressé de retrouver son domaine qu'il demanda à sa famille de rassembler au plus vite le peu de biens qu'il leur restait afin d'effectuer le voyage du retour en compagnie de cette délégation. Les routes étaient peu sûres encore et il eut été dommage de se priver d'une aussi fiable escorte.

Pendant que Bertrand de Bornes et ses proches se préparaient, Pierre Froment envoya discrètement deux de ses hommes prévenir ses compatriotes de l'arrivée imminente de leur ancien seigneur. Le vieil homme, qui avait laissé un excellent souvenir, reçut ainsi un accueil triomphal. Cela lui fit oublier le pénible exil auquel il avait été contraint et le remplit de gratitude envers son peuple.

Bertrand de Bornes avait toujours exercé son autorité avec la plus grande bonhomie et ne voulut rien changer à cette attitude. Bien au contraire, il fit tout pour exempter ses sujets de toute servitude, se contentant de prélever un faible loyer sur les terres qu'il mettait à leur disposition.

Le vieux seigneur, soucieux de rétablir le droit qui avait été si cruellement bafoué pendant la présence d'Hugues de Carvalac, eut pour première préoccupation de s'occuper des prisonniers que la population souhaitait voir jugés au plus vite. Les plus fautifs furent condamnés à être pendus haut et court et les autres dispersés dans les villages afin de se racheter par le travail. Sous la direction de Pierre Froment, quelques uns furent employés à démanteler les remparts qui entouraient le manoir. Les pierres servirent à construire de solides maisons, à la place des masures en terre battue qui constituaient, jusque là, la majeure partie de l'habitat. Plusieurs de ces prisonniers, qui s'étaient laissé entraîner, parfois un peu malgré eux, dans le sillage de « Tête Rouge », s'amendèrent et finirent par être si bien acceptés par la population qu'ils purent faire souche dans la vallée. Quant aux autres, après qu'ils eussent purgé leurs peines, on les envoya se faire passer le collier de chanvre ailleurs.

L'ermite, dont on ne doutait pas de l'efficacité des prières lors de l'élimination d'Hugues de Carvalac, fut vénéré comme un saint et la caverne, où il vivait retiré, resta un lieu de pèlerinage bien longtemps après sa mort.

Quant au pont, il ne fut reconstruit qu'après les guerres de Religion et, à cette occasion, Satan, satisfait de la moisson d'âmes qu'il avait faite grâce aux massacres commis au nom de son éternel rival, ne s'invita pas à la fête.

LE VIEILLARD AUX TROIS SOUHAITS

Il y a fort longtemps, à l'époque du roi Louis XI, dit-on, vivaient, en Bouriane, deux frères que les dures lois de l'héritage avaient détachés l'un de l'autre. Droit d'aînesse oblige, Charles, le premier-né, avait reçu tout le bien familial à la mort du père ; c'est-à-dire : une belle maison de pierres avec ses dépendances et de bonnes terres qui lui assuraient la sécurité, même aux plus mauvaises années. Bernard, le cadet, avait dû se contenter d'une masure en terre battue et d'une lande broussailleuse qui, malgré tous les efforts consentis, s'était révélée improductive.

Dans leur jeunesse, les deux frères s'étaient toujours parfaitement entendus, jusqu'à ce que Charles épouse Marguerite, la fille d'un usurier, qui avait le défaut d'être aussi cupide que son père, avec, en plus, le caractère le plus autoritaire qui se puisse permettre. Charles, d'esprit faible, trop préoccupé de ne jamais contrarier sa femme et d'éviter ainsi tout conflit, s'était laissé, peu à peu, dominer. Après qu'il eut hérité des biens paternels, Marguerite l'avait dissuadé de porter la moindre assistance à son frère, estimant que l'avenir de leurs trois enfants comptait avant tout. Afin de se justifier, elle dépeignait Bernard comme un être paresseux et malpropre en se basant sur les peu spectaculaires rendements qu'il avait obtenus de sa terre et en faisant passer le port de ses tristes nippes, que l'on eût presque pu qualifier de guenilles, pour du laisser-aller vestimentaire.

Bernard souffrait de la désaffection de Charles. Lorsqu'ils se rencontraient, à peine échangeaient-ils quelques mots.

Qu'auraient-ils pu se dire d'ailleurs ? Charles, honteux dans son for intérieur, en arrivait à fuir son frère d'aussi loin qu'il le voyait, ce qui n'était pas toujours facile, leurs habitations étant assez voisines l'une de l'autre et se faisant même face, à chaque bout de la lande.

Bernard acceptait pourtant son sort sans se plaindre, car bien d'autres cadets de sa connaissance se trouvaient, à peu de choses près, dans la même situation que lui. Il louait ses bras dans les fermes voisines et prenait souvent le risque de braconner sur les terres de son seigneur pour nourrir sa femme Guyette et ses deux enfants. Son principal tourment, depuis une paire d'années, était de ne pouvoir entretenir la couverture en chaume de son toit qui laissait, de plus en plus, passer l'eau aux fortes pluies ou le froid lorsque soufflaient de mauvaises bises. Il enviait fortement son frère dont la demeure, bien calfeutrée, le mettait à l'abri des intempéries et qui, il l'avait appris, allait faire bientôt couvrir son toit en tuiles. Lui n'avait d'autre recours, en automne et en hiver, que de battre les environs, quasiment chaque jour, dans le but de ramener le combustible nécessaire à leur survie.

Un matin de novembre, par un froid piquant, Bernard était ainsi parti vers une forêt voisine visiter quelques collets placés la veille et, surtout, rassembler du bois mort, car il avait laissé sa femme et ses enfants claquant des dents dans la masure. Il s'apprêtait à revenir chez lui, satisfait d'avoir confectionné un bon fagot et capturé deux beaux lapins.

Avant de se mettre en route, il souffla un bon coup sur ses doigts pour les désengourdir et se prépara à extraire un quignon de pain qu'il avait dans sa besace afin de se redonner des forces. C'est alors qu'il vit apparaître, sur le sentier qu'il devait emprunter, un vieillard qui cheminait avec difficulté, courbé sur une canne et portant un maigre baluchon. Il n'était guère mieux habillé que lui et sentait de loin la misère.

– Et où donc allez-vous, pauvre homme, par ce grand froid ? demanda Bernard apitoyé.

Le malheureux leva vers lui un visage tout marqué par la fatigue et rougi par l'air glacé. Il répondit avec peine, d'une voix quelque peu chevrotante :

– Je vais à Gourdon chez un de mes neveux qui doit me recueillir.

– Mais d'où diable venez-vous ?

– De Sarlat. Ma femme est morte et je ne pouvais plus vivre seul.

– Je le comprends. Mais comment avez-vous donc fait pour vous loger et manger depuis votre départ ?

– J'ai vécu de la charité chrétienne. Il y a toujours une bonne âme pour vous offrir le gîte et parfois une place à table ou quelque argent afin d'acheter un peu de pain. Mais, hier soir, je n'ai pas fait gras et j'avoue que mon estomac commence à réclamer son dû.

– Tenez, voici un quignon de pain. C'est tout ce que je peux vous offrir, fit Bernard en tendant son piètre complément de déjeuner.

Le vieil homme s'en saisit et croqua dedans avec avidité.

– Est-ce que je suis loin de Gourdon ? fit-il entre deux bouchées.

– Bien que vous ayez pris au plus court, vous en êtes encore à entre deux et trois lieues. Au train où vous allez, vous risquez de vous faire surprendre par la nuit et de vous égarer dans la forêt, lui répondit Bernard. La matinée est déjà trop avancée. Venez donc chez moi. Vous vous reposerez et partirez demain de bonne heure.

Il montra sa besace.

– J'ai là deux lapins que j'ai pris au collet et, sans faire bombance, vous vous remettrez en route au matin avec le ventre plein.

– Ah ! s'exclama le vieillard, je vois bien, à vos vêtements, que vous n'êtes pas riche, mais ce sont souvent les plus pauvres qui ont le meilleur cœur. J'accepte volontiers votre hospitalité, car je me sens très fatigué.

– Alors, mettons-nous en route ! fit Bernard en chargeant son fagot sur ses épaules. Ne vous souciez pas de moi. Allez à votre pas. Je vous attendrai aussi souvent qu'il le faudra. J'habite pas bien loin d'ici.

Ainsi cheminèrent-ils, l'un suivant l'autre, jusqu'à la masure. Bernard frappa à la porte et Guyette, sa femme, vint ouvrir. Elle comprit immédiatement, un peu inquiète, qu'il y aurait une autre bouche à nourrir, mais son mari, après avoir déposé son fagot, se hâta d'extraire les lapins de sa besace afin de la rassurer.

Bernard et Guyette s'employèrent à revigorer leur hôte qui apprécia le ragoût de lapin servi le midi et la soupe bien épaisse du soir. Le couple poussa l'hospitalité jusqu'à céder son lit à cet invité occasionnel pour aller coucher avec les enfants.

Bernard éveilla le vieillard de bonne heure. Non pas qu'il fût pressé de le voir partir, mais trop inquiet qu'il ne pût atteindre Gourdon avant la nuit. Il glissa dans son baluchon un bon morceau de pain et un reste de lapin, pour le cas où les portes resteraient obstinément fermées sur son passage.

Avant de quitter ses hôtes, le vieil homme tint à les remercier en ces termes :

– Je crois que, de ma vie, je n'ai connu si braves gens et accueil plus chaleureux. Il est légitime qu'il vous en soit tenu compte. Après mon départ, je vous recommande d'exprimer trois vœux et je vous garantis qu'ils seront exaucés.

Là-dessus, le vieillard leur adressa un grand sourire et se mit en route.

Le couple le regarda s'éloigner, clopinant, appuyé sur sa canne, le maigre baluchon se balançant au bout de son bras libre.

– Quel étrange bonhomme, fit Bernard. Il s'est dit ancien tonnelier, pourtant il parlait comme quelqu'un de très instruit. Je n'oublierai jamais son regard qui semblait fouiller le fond de nos âmes et les questions qu'il nous posait, parfois insistantes, comme s'il voulait vraiment tout connaître de notre situation. Quant aux trois vœux qu'il nous demande d'exprimer, s'il n'avait pas été aussi lucide dans le reste de ses propos, je croirais volontiers qu'il a quelque peu perdu la tête.

Quand le vieillard eut disparu à un détour du chemin, ils rentrèrent dans leur logis et Bernard enfila ses sabots, prêt pour une nouvelle course dans les bois.

– Et si le vieil homme disait vrai ? avança Guyette, soudain animée par un fol espoir.

Bernard eut un rire forcé.

– Les miracles, tu le sais bien, ça n'arrive qu'aux autres. Miséreux nous sommes et miséreux nous demeurerons, je le crains, jusqu'à la fin de nos jours. Allez, pour te faire plaisir ! Je vais en faire un de vœu, le plus essentiel, il me paraît : je souhaite que cette masure se transforme en une belle maison, aussi confortable, au moins, que celle de mon frère, avec un toit en tuiles pour remplacer ces chaumes en désordre qui, bientôt, ne nous protègeront plus. Et puis, tant qu'on y est, pourquoi pas un deuxième ? C'est si bon de rêver : je voudrais que cette lande de malheur, qui ne m'a jamais rapporté que des courbatures, se transforme en une terre riche où tout poussera à mon gré.

A ces mots, ils entendirent, au-dehors, une sorte de grondement, quelque chose comme un roulement de tonnerre. Un peu inquiets, ils ouvrirent la porte afin de connaître l'origine de ce bruit insolite et, là, quelle ne fut pas leur stupéfaction de voir, à la place de la lande, un champ bien défriché, prometteur de bonnes récoltes, et un verger sur lequel, malgré l'absence de feuilles, ils reconnurent toute une gamme d'arbres fruitiers.

Ils s'avancèrent de quelques pas pour vérifier qu'ils ne s'illusionnaient pas et, à cet instant seulement, s'aperçurent qu'une bâtisse toute neuve se dressait à côté de leur masure : une belle maison couverte de tuiles, ainsi que l'avait demandé Bernard, mais, en plus, pourvue de dépendances propres à remiser du matériel agricole et à abriter des animaux.

Ils restèrent un bon moment la bouche ouverte et les yeux tout agrandis d'émerveillement devant cette magie. Guyette, la première, redescendit sur terre :

– Le vieil homme ne nous a donc pas menti. Voilà deux vœux exaucés. Que pouvons-nous encore demander ?

Bernard pensa au coffre qui abritait leur linge, assez peu rempli et, qui plus est, de hardes plutôt misérables.

– Si cela n'est pas encore trop exiger : que notre coffre, au lieu de vêtements, soit rempli d'or.

Partageant la même émotion, c'est la main dans la main qu'ils rentrèrent dans leur logis. Le coffre était ouvert et, effectivement, regorgeait d'écus. Les enfants, que jamais rien n'étonne, s'amusaient déjà avec, comme s'il s'agissait de quelques jouets. Ils faisaient ruisseler, de leurs mains, les pièces d'or qui tintaient telles de petites clochettes.

En face, Marguerite, qui s'était alarmée, elle aussi, du grondement qui était venu troubler le calme de la matinée, avait jeté un coup d'œil par la fenêtre et tout de suite remarqué l'élégante maison qui provoquait le regard, là-bas, au bout du tout nouveau décor constitué par le champ et le verger. Elle s'était frottée plusieurs fois les yeux avant d'appeler son mari :

– Charles, viens me dire un peu si tu comprends quelque chose à tout ça.

Charles, après s'être approché à son tour de la fenêtre, était resté pétrifié d'étonnement. Au bout d'un moment, sa femme lui avait secoué le coude :

– Il faut que tu ailles voir ton frère pour savoir comment s'est produit ce miracle. Nous avons peut-être, nous aussi, quelque chose à gagner. Allez, remue-toi donc, au lieu de rester planté là, comme si tu voulais prendre racine !

Après quelques hésitations, compte tenu des relations qu'il entretenait avec son frère, il alla donc trouver celui-ci et le questionna sur le prodige qui venait de s'accomplir. Bernard qui, après tout, n'avait rien à cacher lui raconta tout : le vieil homme qu'il avait accueilli, son comportement assez particulier et, finalement, les trois vœux qu'il avait promis de satisfaire.

Charles retourna rapidement chez lui et rapporta ce que lui avait dit son frère.

– Tu vois, lui dit sa femme, il y a certainement pour nous une chance à saisir. Ce vieillard n'est sans doute pas loin. Prends ton cheval et pars à sa recherche. Et, surtout, si l'on veut s'assurer les trois vœux, emmène-lui à manger et de quoi lui faire une belle aumône. Qui sait mêmc s'il ne nous accordera pas plus qu'à ton frère ? Qu'a-t-il fait, celui-là, pour mériter tant de générosité ?

– N'est-ce pas tout simplement parce qu'il ne possédait rien. Et nous, avons-nous vraiment besoin d'exiger davantage, alors que nous sommes déjà les plus riches du village ?

– Ah ! je te reconnais bien là ! Sans ambition ! Tu ne vis que sur ton héritage depuis des années et des années sans avoir cherché à agrandir ton domaine. Et regarde ! maintenant, avec son coffre plein d'or, ton frère va pouvoir se moquer de nous ! Pense un peu à nos enfants, pour qu'un jour ils n'aient pas à rougir de leur père !

– Allez ! ça va ! répondit Charles d'un ton agacé, je vais le trouver ton vieillard, mais ne me tiens pas pour responsable s'il ne m'accorde rien !

Sur ce, il glissa dans sa poche quelques pièces, qui devaient servir d'aumône, puis saisit la besace dans laquelle sa femme avait déposé quelques provisions. Il alla à l'écurie et enfourcha son cheval, sans le seller afin de ne pas perdre de temps.

Bernard le vit partir au galop sur le chemin qu'avait emprunté le vieil homme.

– Tiens, fit-il à Guyette, m'est avis que mon frère voudrait bien rencontrer notre bienfaiteur. Notre soudain retournement de fortune a dû inspirer la Marguerite et peut-être lui donner des boutons. Peu m'importe, d'ailleurs, qu'ils obtiennent quelque chose du bonhomme. Nous avons à présent largement les moyens de ne plus être jaloux de quiconque.

Charles galopa si bien qu'il ne tarda pas à rejoindre le vieillard. Dès qu'il l'aperçut, il ralentit l'allure pour que l'homme n'éprouve pas de soupçons. Arrivé à sa hauteur, il posa, sans le savoir, la même question que son frère :

– Et où donc allez-vous, pauvre homme, par ce grand froid ?

Le marcheur solitaire leva vers Charles un regard dans lequel celui-ci crut lire un certain amusement.

– Je vais à Gourdon chez un neveu qui doit me recueillir, répondit-il.

– C'est bien généreux de sa part. Mais, mon brave, je pense qu'à marcher ainsi vous devez avoir grand faim. J'ai là, dans ma besace, de quoi vous sustenter quelque peu.

– Je vous remercie ! J'ai dans mon baluchon suffisamment de provisions pour tenir jusqu'à Gourdon.

« Diable ! » se dit Charles, l'affaire s'engage mal ! Comment se gagner cet être qui, malgré son aspect misérable, est assurément supraterrestre ? Il se risqua une nouvelle fois :

– Mon bon monsieur, je devine, à vos vêtements, que la fortune ne doit pas vous sourire tous les jours. Me permettez-vous, au moins, de vous offrir quelque argent qui puisse un jour vous être utile ?

Il plongea, se disant, la main dans sa poche. Mais le vieillard l'arrêta d'un geste :

– Je n'en ai nulle nécessité. Le ciel a toujours pourvu à mes besoins et mon neveu, je le sais, saura prendre soin de moi.

Charles se força à cacher sa déception. Il voyait la partie perdue et imaginait déjà tous les reproches qu'il allait essuyer à son retour, lorsque le vieillard reprit la parole :

– Je tiens toutefois à vous remercier de l'attention que vous m'avez portée. Lorsque vous rentrerez chez vous, je vous engage à exprimer trois vœux et je vous promets qu'ils seront exaucés.

Charles maîtrisa mal son soulagement, mais il lui sembla remarquer, dans le regard du bonhomme, une expression ironique. Cela le mit quelque peu mal à l'aise et il n'eut plus qu'une envie, celle de partir au plus vite. Il chercha, toutefois, à donner le change :

– Puisque je ne puis vous aider de quelconque façon, alors, que Dieu vous accompagne jusqu'à votre destination. Je vous souhaite bonne route !

Il talonna son cheval et repartit au trot. Quand il estima s'être suffisamment éloigné du vieil homme, il coupa à travers bois jusqu'à un autre chemin de sa connaissance et revint chez lui au galop, car il n'avait pas pris le temps de se couvrir correctement et sentait tout son corps se raidir de froid.

Comme il le prévoyait, Marguerite l'attendait avec une extrême impatience. Elle lui laissa à peine le temps de pénétrer dans la maison.

– Alors, lui dit-elle, l'as-tu rencontré ?

Charles ne lui répondit pas. Sa première préoccupation, en entrant, avait été de se réchauffer. Or le feu était en train de s'éteindre dans la cheminée. Marguerite avait dû guetter son retour avec tant d'attention qu'elle en avait oublié de regarnir l'âtre et il ne restait que quelques braises finissant de rougeoyer.

– Comment as-tu pu laisser mourir le feu, alors que le froid m'a glacé jusqu'à la moelle ?

– C’est bon ! c’est bon ! Tu auras bien le temps de te réchauffer ! Mais l’as-tu vu, oui ou non ?

– Eh bien ! oui ! si tu es tant pressée de le savoir ! Mais, moi, ce que je veux tout de suite c’est une bonne flambée, est-ce que tu peux le comprendre ?

A peine eut-il prononcé cette phrase que de hautes flammes jaillirent des cendres et s’élancèrent dans la cheminée. Charles se précipita vers elles avec une évidente satisfaction, sans toutefois réaliser, à ce moment précis, qu’il venait d’utiliser l’un des trois souhaits accordés. De même ne prêta-t-il pas assez tôt attention à ces flammes qui s’élevaient et s’élevaient, accompagnées d’un fort ronflement pourtant alarmant. Un feu de cheminée était en train de se déclarer et ce fut l’un des enfants, que sa mère avait envoyé chercher du bois, qui vint donner l’alarme :

– Papa ! Papa ! le toit est en train de flamber !

Charles n’eut donc pas le temps de goûter la chaleur si providentielle que lui dispensait le foyer. Il se précipita au dehors et vit, effectivement, les flammes courir sur les chaumes, attisées par de soudains tourbillons de vent. Il courut à la grange chercher une échelle qu’il dressa contre le mur. Il demanda à sa femme et ses enfants d’aller puiser de l’eau dans la mare aux canards et l’abreuvoir aux bestiaux qui étaient devant la ferme et de faire la chaîne. Il n’y avait, malheureusement que trois seaux et sa position instable, en haut de l’échelle, ne lui permettait pas de jeter l’eau avec une grande précision. Les flammes se rapprochant de lui, il dut descendre précipitamment de l’échelle, à demi aveuglé par la fumée. Les vaches, affolées, mugissaient à fendre l’âme et Charles, répondant aux hennissements du cheval, ouvrit la porte de l’écurie, dans l’intention d’aller le détacher. Mais le feu avait déjà gagné la charpente et des paquets de chaumes enflammés tombant au sol avaient communiqué le feu à la litière. Il dut reculer et se porta vers l'étable où il dut renoncer là encore. Alors, il se souvint des trois souhaits que le vieillard lui avait donné la possibilité de formuler et tourna son visage vers le ciel :

– Par pitié ! Que la pluie éteigne immédiatement cet incendie !

Il fut aussitôt entendu. Des trombes d'eau s'abattirent sur la maison, provoquant d'épais nuages de fumée suffocante. Il était, hélas ! trop tard, car toutes les charpentes s'effondrèrent avec un ensemble parfait, ne laissant aucune chance aux animaux captifs. Charles, trempé et grelottant de froid, alla s'asseoir à l'écart, complètement anéanti.

– Et voilà ! tu as gagné ! fit Marguerite, tu as gâché deux souhaits et je ne sais ce que tu vas trouver encore pour nous mettre un peu plus dans l'embarras.

Charles la regarda avec des yeux terribles. Il la maudissait de l'avoir envoyé à la recherche du vieillard qui avait puni leur cupidité. Il se rappelait l'ironie qu'il avait perçue dans son regard au moment même où il lui accordait les trois vœux.

Marguerite continuait ses récriminations :

– Si tu n'avais pas autant traîné pour faire couvrir ton toit en tuiles, nous n'en serions sans doute pas là !

Charles se leva d'un bond, au comble de la colère :

– Tu vas te taire, dis ! tu vas te taire ! Tu ne vois donc pas que je suis affreusement malheureux !

Des larmes, en effet, coulaient de ses yeux, mais sa femme ne les voyait pas, car elles étaient aussitôt diluées par la pluie.

– Que je me taise, moi ! Et de quel droit je me tairais devant une telle catastrophe ? le provoqua encore Catherine.

Charles, perdant tout contrôle, explosa :

– Eh bien ! si, parfaitement, que tu te taises ! Oui, je souhaite que tu te taises une bonne fois pour toutes !

Marguerite voulut répliquer, mais aucun son ne sortit de sa bouche et ils comprirent, tous deux, que le troisième vœu venait d'être satisfait.

Bernard et Guyette étaient si occupés à inspecter leur nouvelle maison qu'ils ne purent voir le feu se déclarer chez Charles et Marguerite. Lorsqu'ils se portèrent à leur secours, ils comprirent, immédiatement, que l'incendie était déjà trop avancé pour qu'il y ait le moindre espoir de le combattre.

Ils trouvèrent Charles, assis devant la maison, la tête dans les mains, pleurant à gros sanglots et Marguerite errant, hagarde, avec les enfants, effrayés, accrochés à ses jupes. Tous étaient complètement trempés et transis.

Bernard leur demanda doucement de le suivre et ils le firent docilement, trop heureux de voir une main bienveillante se tendre dans leur détresse. D'autres voisins étaient accourus et, oubliant l'arrogance passée de Charles et de sa femme, proposaient des couvertures, des vêtements et tout ce qui pouvait leur manquer dans l'immédiat. Bernard tint à récompenser tous les généreux donateurs d'une pièce d'or, ce qui ne manqua pas de les étonner. Leur surprise était grande de voir soudainement Bernard riche et pourvu d'une belle maison, alors que son frère, dans le même jour, venait de tout perdre. L'affaire fit grand bruit et alimenta longtemps les conversations dans les chaumières jusqu'à ce qu'un jour, d'un commun accord, les deux frères racontèrent leur aventure. Et il y en eut beaucoup, dans le village, qui se demandèrent s'ils auraient gagné ou perdu à rencontrer le vieillard.

Bernard hébergea Charles et sa famille, le temps que leur maison fût reconstruite avec une partie de son trésor. Une cohabitation qui tissa de nouveaux liens entre les deux frères, cette fois indestructibles. Marguerite, ayant pris conscience d'avoir été punie pour son âpreté au gain et son inhumanité envers les autres, s'accommoda de son mutisme et apprit qu'un simple sourire vaut parfois mieux que bien des mots.

LES DEUX SOUPES

En juin 1666, sous le règne de Louis XIV, donc, un grand pardon réunit à Rocamadour plusieurs milliers de fidèles accourus des quatre coins du Quercy. Ces pèlerins venaient faire pénitence des fautes qu'ils avaient accumulées au long des années et implorer par la même occasion la protection de la Vierge noire et de saint Amadour qui veillaient sur ce lieu sacré. Afin de les accompagner dans leurs louables intentions et profiter au mieux d'une bien prévisible manne, les autorités religieuses avaient fait appel à une multitude de confesseurs et judicieusement réparti, dans toutes les chapelles, des troncs destinés à récolter les offrandes.

Ce n'était pas uniquement la préoccupation de son salut qui avait poussé Martin Barrat, citoyen de Luzech, à participer à ce grand rassemblement mystique, mais plutôt l'amour qu'il portait à sa mère alitée depuis plusieurs mois à la suite d'une pleurésie. Il espérait que, prêtant une oreille attentive à ses prières venues du fond du cœur, la Vierge de Rocamadour, renommée pour ses multiples miracles, remettrait la malade sur pieds. Son métier de tailleur lui permettant tout juste de nourrir une nombreuse famille, il ne pouvait s'autoriser une trop longue absence. Aussi avait-il décidé de parcourir les quelque quinze lieues qui le séparaient du but en deux jours.

C'est avec une simple besace contenant de maigres victuailles et un bâton ferré pour écarter les chiens agressifs que Martin s'élança de Luzech dans la direction de Rocamadour.

Après avoir couché dans une grange près de Labastide-Fortanière, le tailleur se mit en route le lendemain, de bon matin, les jambes un peu lourdes. Il commença à rencontrer d'autres pèlerins dont la foi se manifestait de façons diverses. Certains, qui en avaient fait le vœu, cheminaient en simple robe de bure, quelques fois même les pieds nus. D'autres priaient en marchant, tantôt à voix haute, tantôt en remuant seulement les lèvres en un faible chuchotement. La plupart d'entre eux égrenaient un chapelet afin de stimuler leur ferveur.

Martin se laissa entraîner un moment dans le sillage d'un groupe de paroissiens de Caussade, menés par leur prêtre qui leur faisait chanter interminablement des cantiques à la gloire de la Vierge. Mais il préféra finalement marcher seul pour profiter pleinement de paysages qui lui étaient, jusque là, totalement inconnus.

Passé Carlucet, le chemin se fit de plus en plus tortueux et son corps commença à lui révéler sérieusement sa fatigue. Son métier, qui le maintenait le plus souvent reclus, ne l'avait pas habitué, il est vrai, aux longs efforts physiques. Il s'en voulut d'avoir été assez imprévoyant en matières de vivres, car le rythme soutenu qu'il s'imposait depuis la veille aurait autorisé une nourriture plus solide ou abondante. Or sa besace était vide. Aussi vide que son estomac qui le lui faisait de plus en plus sentir.

Ayant ouï dire que les pèlerins étaient, en général, favorablement accueillis sur leur passage, il osa frapper à la porte d'une ferme isolée. Une vieille toute maigre et à demi bossue vint lui ouvrir. Elle était vêtue d'un tablier à rayures tout rapiécé et coiffée d'un bonnet qui laissait échapper des touffes de cheveux raides et gris. Son visage lui rappela d'un coup ceux que lui décrivaient sa grand-mère dans les inquiétantes histoires de sorcières qu'elle se plaisait à lui raconter dans sa petite enfance : un nez crochu et un menton en galoche dont on pouvait se demander s'ils n'allaient pas bientôt se rejoindre, une bouche probablement entièrement édentée qui aspirait, au-dedans, les lèvres et les joues et, enfin, pour compléter le tableau, une grosse verrue, hérissée de longs poils, plantée en plein milieu du front. Un regard sans aménité le fixa, tandis qu'une voix grinçante lui demandait :

– Que vouletz ? (Que voulez-vous ?)

Le ton n'était guère encourageant, mais Martin se risqua tout de même :

– Eh ! bravo femno ! auriatz pas quicom a manjar ? (Eh ! brave femme ! vous n'auriez pas quelque chose à manger ?)

Il eut à peine le temps de terminer sa phrase que la réponse claqua aussitôt, ne voulant lui laisser aucun espoir :

– I a pas res aici ! N'ai prou de far la caritad ! (Il n'y a rien ici ! J'en ai assez de faire la charité !)

La mégère s'apprêtait à refermer la porte quand Martin, qui avait l'esprit assez facétieux, l'arrêta d'un geste :

– Attendez ! Vous n'allez pas me refuser un peu d'eau que je puisse au moins me préparer une soupe aux trois cailloux !

La vieille s'immobilisa, intriguée par l'originalité de la demande.

– Une soupe aux trois cailloux ! En voilà bien une recette ! Vous me prendriez pas, des fois, pour une imbécile !

– Mais pas du tout, voyons ! Tenez, regardez-moi donc faire !

Il s'accroupit pour observer le sol et choisit quelques cailloux, les tourna sur tous les côtés, les soupesa, les scruta avec la plus grande attention. Finalement, il en conserva trois qu'il lustra soigneusement sur son pantalon, comme il l'eut fait avec des pommes.

– Le feu est-il allumé ? demanda-t-il à la vieille qui n'avait perdu aucun de ses gestes.

Elle fit oui de la tête, machinalement :

– Vous permettez ! fit encore Martin et, sans façon, il pénétra dans la maison en portant précieusement les trois cailloux. La vieille ne s'opposa pas à son passage.

La pièce, dans laquelle il entra, était vaste et bien éclairée, mais peu meublée : une vaste table avec quelques chaises et un grand buffet chargé de cuivres et de poteries. Des flammes dansaient, effectivement, dans la cheminée. « Elle doit être frileuse » pensa Martin.

– Donnez-moi une casserole et un peu d'eau, commanda-t-il avec assurance.

La femme obéit, entraînée par une grandissante curiosité. Le tailleur saisit un trépied qu'il plaça sur le feu. Il y posa la casserole pour faire chauffer l'eau, ce qui lui donna l'occasion d'échanger quelques propos, façon de dégeler un peu l'atmosphère. Il parla de Luzech, du long chemin qu'il lui avait fallu faire et de la faim qui venait de s'emparer de lui.

Quand l'eau commença à bouillir, il déposa les trois cailloux au fond de la casserole. Il ne tardèrent pas à y tressauter en faisant résonner le métal.

– Ecoutez-moi cette musique ! fit Martin, avec un air gourmand. Je sens que la soupe va être réussie.

La vieille était encore sur la défensive, les sourcils froncés et les lèvres on ne peut plus serrées. Martin devait soigneusement entretenir la crédulité dont elle semblait cependant faire preuve.

– Vous n'auriez pas un peu de farine ? lui fit-il.

La femme obtempéra, une fois de plus, docilement. Elle lui porta un grand pot en terre vernie dans lequel il puisa deux grosses poignées de farine qu'il versa dans la casserole.

Il se mit à remuer rapidement avec une cuillère de bois, sous les yeux attentifs de la vieille.

– Du sel ! lui fit-il, sur un ton presque impératif. Et un œuf !

La bonne femme s'empressa, oubliant ses soupçons.

« Pour sûr, se dit Martin, qu'elle doit noter mentalement la recette ». Et il eut grand mal à cacher un sourire. Il retira la casserole du feu et touilla le mélange jusqu'à le rendre bien onctueux.

– Et voilà ! annonça-t-il, la soupe est prête ! Il n'y a plus qu'à retirer les trois cailloux et à consommer bien chaud !

Il se mit à table avec aplomb, sortit, l'un après l'autre, les cailloux qu'il suça avec application, puis, à grand coups de cuillère, dévora la bouillie, qui n'était pas à proprement parler appétissante, mais eut au moins le mérite de calmer son impérieuse faim.

La vieille n'avait pas bronché. Elle l'avait regardé faire, un peu ahurie, mais, maintenant, consciente de s'être fait duper, elle le fixait avec un air calculateur.

– Ah ! ah ! ricana-t-elle, quand il eut avalé la dernière bouchée, vous êtes un malin, vous ! Vous m'avez bien eue ! Allez ! pour vous montrer que je ne suis pas rancunière et comme vous vous sentez fatigué, je vais vous offrir une de mes liqueurs qui va vous requinquer. Vous m'en direz des nouvelles !

Elle alla vers le buffet et en sortit un flacon qui contenait un liquide brunâtre. Puis, elle saisit une petite tasse en terre cuite, dans laquelle elle versa une large rasade du breuvage.

A cet instant, Martin aurait dû se méfier du regard de la vieille, dans lequel il eut pu lire bien de la malveillance. Il était, au contraire, tout à sa rigolade intérieure et il vida quasiment la tasse d'un trait. Il trouva le produit plutôt amer, mais, confiant en ses vertus, il éprouva le besoin de se remettre en route, espérant bénéficier rapidement des effets de la potion.

Il saisit sa besace et son bâton, salua la vieille et repartit d'un bon pas. Mais, il n'avait pas fait une demi-lieue qu'il ressentit de petites douleurs dans le ventre. Il n'y prêta pas immédiatement attention, mais celles-ci persistèrent, puis s'amplifièrent, tant et si bien qu'il dut courir de toute urgence vers un bosquet afin de libérer ses intestins en révolte. Il mit cela sur le compte de sa prétendue soupe qui, apparemment, ne lui avait pas trop bien réussi.

Le soulagement, que Martin venait d'éprouver, fut de courte durée. Un peu plus loin, il dut à nouveau quitter le chemin, parvenant à atteindre d'extrême justesse un accueillant buisson. Une boule d'amertume lui remonta dans la gorge et il reconnut, dans sa bouche, le goût de la liqueur qu'il avait absorbée un peu plus tôt. « Ah ! vieille sorcière ! pensa-t-il, moi qui croyais l'avoir bernée ! C'est elle, en définitive, qui s'est jouée de moi ! Elle a dû m'administrer un purgatif de sa façon ! »

Ses soupçons se vérifièrent plusieurs fois avant qu'il n'atteignît Rocamadour. Il y arriva vidé, au sens propre du mot, et les jambes flageolantes.

Il trouva refuge, à proximité du lieu saint, dans une petite auberge de L'Hospitalet. Il eut le bonheur d'y retrouver un ami d'enfance qu'il n'avait pas rencontré depuis longtemps, en raison du métier que celui-ci exerçait. Simon se livrait, en effet, au colportage. Il allait, de villages en villages, proposer des marchandises fort diverses qu'il transportait, le plus fréquemment, dans une hotte. Afin de bien mettre ses articles en valeur aux yeux des acheteurs, il disposait d'un petit plateau en osier qu'il suspendait à son cou. Cette fois, il était venu proposer aux pèlerins accourus à Rocamadour tout un assortiment d'objets de dévotion que lui avait fournis un marchand de Cahors : images pieuses, petits recueils de prières et de cantiques, vies des saints, chapelets et médailles.

Animé par un bon sens du commerce et servi par un inaltérable bagout, Simon Garrigue avait réussi à écouler la presque totalité de sa charge et s'apprêtait à reprendre le chemin de Luzech avec une hotte allégée et une bourse bien remplie.

Devant une épaisse soupe au lard et un pichet de bon vin, les deux amis évoquèrent leur jeunesse, au cours de laquelle ils avaient fait les quatre cents coups. C'était le temps où ils participaient, côte à côte, à des batailles rangées contre des bandes rivales de Saint-Vincent Rive d'Olt ou d'Albas et partageaient des aventures avec les filles d'auberge dont les gabarriers, qui sillonnaient le Lot, appréciaient l'abord facile. Ils se remémorèrent quelques bons tours qu'ils avaient joués à des habitants de Luzech et cela amena naturellement Martin à raconter la mésaventure dont il venait, lui-même, d'être victime. Simon écouta avec attention, une lueur espiègle éclairant son regard au fur et à mesure que son ami parlait.

– Oh ! mais, dis-moi, c'est que cela mériterait une petite vengeance, il me semble ! fit-il en se frottant les mains et gloussant de rire.

Martin, qui le connaissait bien, comprit que son cerveau mijotait déjà une riposte appropriée à la malignité de la vieille.

– Décris-la moi un peu ta bonne femme et essaye de te rappeler de ce que tu as vu dans la maison, les meubles et les objets, que je sache comment je pourrais la manœuvrer, continua Simon, déjà tout à son affaire de représailles.

Martin s'exécuta, s'efforçant de n'omettre aucun détail.

– Allez ! conclut Simon, on va lui donner une petite leçon à cet épouvantail à moineaux !

Le lendemain, après avoir accompli leurs ultimes dévotions, les deux compères prirent le chemin du retour. Simon emportait, dans sa hotte de colporteur, quelques osselets de mouton qu'il s'était procuré chez leur aubergiste.

Lorsqu'ils atteignirent la maison de la vieille femme, Simon alla seul frapper à la porte, ainsi qu'ils en avaient convenu la veille au soir. Martin, lui, se dissimula derrière un buisson afin de profiter, autant que possible, de la comédie qui allait se jouer.

La disgracieuse mégère apparut sur le seuil, toujours accoutrée de la même façon.

– Que vouletz ? (Que voulez-vous ?) fit-elle tout de suite. Puis, s'avisant qu'elle avait affaire à un colporteur, elle ajouta sèchement :

– Nani ! nani ! N'ai pas res a croumpar ! (Non ! non ! Je n'ai rien à acheter !)

Simon leva les mains dans un geste rassurant :

– Eh ! bravo femno ! n'es pas per aquo que souï vengut ! Auriatz pas quicom a rousegar, que ai pla talen ? (Eh ! brave femme ! ça n'est pas pour cela que je suis venu ! Vous n'auriez pas quelque chose à grignoter, que j'ai bien faim ?)

Comme une leçon apprise par cœur, la vieille débita la même réponse que celle qu'elle avait faite à Martin dans l'espoir de se débarrasser de lui :

– I a pas res aici ! N'ai prou de far la caritad ! (Il n'y a rien ici ! J'en ai assez de faire la charité !)

Et, cette fois encore, elle s'apprêta à refermer la porte.

– Eh ! grand-mère ! fit Simon, vous n'allez pas me refuser un peu d'eau que je puisse me préparer une soupe aux cinq osselets !

En entendant cette phrase, la bonne femme eut comme un hoquet de surprise.

« Tiens, tiens ! se dit-elle, ce genre de chanson je l'ai déjà entendue il y a bien peu. Attends, mon gaillard ! Je ne sais pas ce que tu viens chercher ici mais, si c'est ta part de purge, tu vas être servi ! Et avec largesse ! »

Simon avait déposé son plateau d'osier et sa hotte. De cette dernière, il sortit les cinq osselets qu'il montra, groupés dans le creux de l'une de ses mains.

– Mais, que diable voulez-vous tirer de ça, fit semblant de s'amuser la vieille harpie, il n'y a pas même de moelle, là-dedans, pour donner un peu de goût !

– Laissez-moi faire, lui répondit Simon, et vous serez étonnée de voir ce que l'on peut réaliser avec cinq malheureux petits os de mouton !

L'affrontement venait de commencer, chacun ayant le souci de se jouer de l'autre. La vieille eut un sourire plein de perversité qui n'échappa pas à Simon.

– Entrez, entrez ! fit-elle, venez faire chauffer votre eau. Le feu est allumé.

Simon pénétra dans la pièce et la parcourut rapidement des yeux. La description qu'en avait faite Martin était assez exacte. Il avait pourtant oublié de mentionner quelques objets qui ne pouvaient échapper au regard plus fureteur de son camarade.

La bonne femme se faisait accueillante, allant au-devant des désirs du colporteur. Elle plaça un trépied sur le feu et posa dessus une casserole pleine d'eau. Quand celle-ci commença à bouillir, elle laissa Simon y déposer les cinq osselets, puis lui porta, avec un certain empressement, la farine, le sel et l'œuf qu'il réclamait, ainsi que l'avait fait Martin. Puis, elle le regarda manger la bouillie, en se délectant par avance du moment où elle allait lui administrer le purgatif. Il eut à peine le temps d'avaler la dernière cuillerée qu'elle lança, impatiente :

– Vous devez être bien fatigué de courir les chemins. Vous faites vraiment un dur métier. Pour vous montrer que je ne vous tiens pas rancune du bon tour que vous m'avez joué, je vais vous offrir une petite liqueur qui va vous requinquer ! Vous m'en direz des nouvelles !

Elle alla vers le buffet, en sortit le flacon au liquide brunâtre, puis, saisit une tasse dans laquelle elle versa une bonne rasade de la potion.

– Ah ! s'exclama Simon, qui attendait lui aussi ce moment, c'est que je n'ai pas l'habitude de boire en solitaire ! Vous n'allez pas refuser de m'accompagner. Sinon, je pourrais m'imaginer que vous voulez m'empoisonner !

La vieille sorcière eut une grimace de dépit, mais ne put faire autrement que d'aller se chercher une tasse et d'y verser un peu de purge. Puis, elle s'assit en face de Simon.

Les deux adversaires s'observaient maintenant à la manière de duellistes prêts à croiser le fer. Simon savait qu'il lui fallait attaquer le premier. Désignant le mur, derrière la bonne femme, il lui dit :

– Vous avez là un magnifique rosaire. Dites-moi si je me trompe, mais il me semble reconnaître là le travail des tourneurs sur bois de Saint-Cirq-Lapopie.

La vieille se retourna pour regarder le chapelet pendu au bout d'un clou, une petite merveille aux grains aussi finement ajourés qu'une dentelle, un don de son défunt mari.

– Oui, cela vient bien de Saint-Cirq, acquiesça-t-elle avant de refaire face à Simon.

Rien, dans l'attitude de celui-ci, ne pouvait lui laisser supposer qu'il avait profité de son moment d'inattention pour vider sa tasse sous la table. Il la tenait maintenant levée bien haut, afin qu'elle ne s'aperçût pas qu'elle était vide.

– A votre bonne santé et que Dieu vous garde ! dit-il en faisant semblant de boire d'un seul trait.

La bonne femme, qui se sentait surveillée, ne put s'abstenir d'avaler une partie de la purge.

– Dommage que ce soit quelque peu amer, osa Simon en se fondant sur les dires de Martin, mais si cela doit me redonner des forces, j'en reprendrais volontiers une petite goutte. Vous permettez ?

Il se versa une généreuse rasade, sans que la vieille, bien entendu, s'y opposât, car elle ne doutait pas qu'avec une pareille dose le colporteur devrait battre en retraite dans une extrême urgence, tôt ou tard. Et même plus certainement tôt que tard.

Simon, cependant, n'avait pas lâché le flacon et, avant même qu'elle ait pu retirer sa tasse, il la lui avait remplie jusqu'au bord.

Il justifia aussitôt son geste :

– M'est avis, grand-mère, qu'un tel remontant ne peut que vous être bénéfique. Et, j'imagine, plus encore qu'à moi-même.

Puis, il chercha, une nouvelle fois, à tromper son attention :
– D'où vous viennent ces deux superbes bougeoirs ? s'informa-t-il en désignant, vers sa droite, une étagère sur laquelle étaient disposés ces objets.

– D'une tante, par héritage, répondit vivement la vieille.
Mais, une fois encore, elle avait détourné le regard et Simon s'était empressé de vider derechef le brun liquide sous la table. Il leva ensuite sa tasse bien haut, comme il l'avait déjà fait un moment plus tôt.

– Allez ! et que cet élixir nous apporte une jeunesse éternelle ! fit-il avec un grand rire.

Puis, il porta le récipient à ses lèvres et renversa la tête en arrière, comme s'il ingurgitait d'un coup tout le liquide.

La vieille grimaça un sourire, avant de boire contre sa volonté. Elle commençait à s'inquiéter de cette absorption imprévue. Jamais elle n'avait pris autant de cette purge à la fois, même lors du plus sérieux de ses blocages intestinaux. Elle connaissait trop bien les vertus radicales de ce remède, à base de plantes, dont sa grand-mère lui avait transmis la composition. Restait à espérer que le colporteur, vu tout ce qu'il avait avalé, ne résisterait pas longtemps à son efficacité.

Mais plus le temps passait et moins le gaillard ne semblait se ressentir d'une quelconque alchimie intérieure. Il la soûlait de propos et voilà même qu'il lui faisait l'article pour les quelques marchandises que recelait encore sa hotte.

Elle commença à subir les premiers effets du traitement alors que Simon étalait sur la table les livres de cantiques et de prières qu'il détenait toujours et qu'il lui feuilletait obligeamment. Quand il la vit se tortiller sur sa chaise et commencer à changer de couleur, il sut que l'issue était proche. Il continua à l'abreuver de paroles, mais, déjà, elle ne l'écoutait plus, trop préoccupée à lutter contre la tempête qui s'était levée dans ses entrailles.

Elle résista vaillamment quelques minutes, levant vers Simon des yeux pleins d'angoisse, mais aussi d'incompréhension de le voir, lui, à l'abri de l'épreuve.

Et puis, elle n'y tint plus.

Se levant brusquement de sa chaise, elle attrapa les pans de son tablier et courut aussi vite que pouvaient la porter ses jambes jusqu'à la chambre voisine où devait l'attendre quelque secourable ustensile.

– Excusez-moi un instant, je reviens, fit-elle pour expliquer sa fuite précipitée.

Simon savait qu'il pouvait disposer d'un bon laps de temps avant qu'elle ne reparaisse. Tranquillement, il rangea les livres dans sa hotte. Puis, il se dirigea vers le grand buffet où il pensait que la vieille devait abriter toutes ses provisions. Il y trouva une belle miche de pain à peine entamée, les restes d'un poulet cuit, des cerneaux de noix, des pruneaux séchés et des biscuits. Il ne poursuivit pas davantage son inventaire. Il ne voulait en rien dépouiller cette vieille avaricieuse, mais seulement lui donner une leçon en essayant de la rappeler à plus d'hospitalité.

Le colporteur se contenta donc de tailler deux bonnes tranches de pain et de s'emparer de quelques biscuits. Et, pour justifier ce petit larcin, il posa la miche sur la table et y adossa une image pieuse qui lui paraissait assez bien adaptée à la situation. C'était une gravure représentant Dieu émergeant d'un nuage et pointant un index accusateur vers un groupe d'hommes et de femmes qui s'enfuyaient en tentant d'emporter des richesses visiblement mal acquises. On devinait que ces mécréants n'atteindraient pas leur but, car c'était déjà pour eux bien mal engagé. La besace du premier d'entre eux était percée et il s'en évadait des pièces qui s'éparpillaient sur le sol. Derrière lui, deux individus, aux doigts caricaturalement crochus, couraient en se disputant un gros chandelier. Une femme serrait sous un bras une cassette mal fermée d'où tombait un collier et sa voisine tendait en vain les bras pour essayer de rattraper un grand vase qui lui avait échappé. Il paraissait évident qu'aucun, de toute manière, ne parviendrait à se soustraire à la justice suprême. Le dessin était d'ailleurs accompagné d'une légende très explicite : « Dieu châtiant la cupidité ».

Simon rejoignit son camarade et l'informa du succès de sa machination. Tous deux étaient partis dans de grands éclats de rire lorsque leur victime réapparut sur le seuil de la maison. Son visage exprimait la plus grande colère. Elle avait bien vu l'image posée sur la table, qu'elle aurait dû interpréter comme une invitation à plus de générosité si elle ne voulait pas encourir les foudres divines. Mais, pour l'heure, elle ne se préoccupait guère du salut de son âme. Seules comptaient les provisions qui lui avaient été subtilisées et qu'elle n'aurait pas craint d'aller récupérer jusqu'en enfer.

A la vue des deux compères, et surtout en reconnaissant Martin au côté de Simon, elle comprit à quel point elle avait été manœuvrée. Alors, brandissant un poing dans leur direction, elle se mit à leur hurler des injures. Tout ce que le vocabulaire pouvait compter de mots pour stigmatiser la vilenie humaine y passa :

– Bandits, vauriens, marauds, canailles, voleurs, faquins, malotrus, filous…

Mais plus elle les maudissait et plus les deux complices s'en divertissaient, agitant les tranches de pain afin de la provoquer. Simon, pour mieux l'exciter encore, la mimait en train de courir en troussant ses cotillons.

Les deux amis lui laissèrent égrener son chapelet d'insultes : …gredins, pourceaux, crapules, malandrins, gueux… ». La mégère s'en étranglait tellement de rage qu'ils préférèrent s'éloigner de peur de la voir succomber à une crise d'apoplexie.

Ils rentrèrent sur Luzech d'un pas qui leur parut étonnamment léger. Simon, bien sûr, parce que sa hotte était quasiment vide et qu'il pouvait se réjouir de son succès commercial. Martin, de son côté, après ses dévotions à la Vierge, espérait que sa mère serait bientôt rétablie. Mais, par-dessus tout, la connivence qui les avait tant liés autrefois venait de renaître et cela leur faisait chaud au cœur. Ils avaient retrouvé des âmes d'adolescents et, pendant deux jours, les chemins de Rocamadour à Luzech résonnèrent de leurs rires et de leurs chants.

Les deux camarades eurent encore l'occasion de se signaler par quelques autres facéties que les habitants de Luzech se plurent longtemps à évoquer lors des longues veillées d'hiver.

Mais l'histoire ne dit pas ce que devint la vieille. Alors, laissez-moi l'imaginer pour vous.

La mégère, n'ayant pas su tenir compte de l'avertissement illustré que lui avait abandonné Simon et s'étant laissé aller à purger d'autres pèlerins, finit par échouer en enfer. Lucifer, ayant la responsabilité de lui infliger un tourment éternel, décida, non sans humour, de lui faire administrer, chaque jour, une bonne dose de la fameuse décoction. Et l'on peut voir, depuis, la vieille courir en permanence parmi les flammes, les jupons troussés, à la recherche d'un coin discret, sous le regard narquois des diablotins.

LE CAVALIER À LA BELLE FIGURE

Un jeudi de l'été 1865, un jeune cavalier, élégamment vêtu, tentait de se frayer un chemin parmi les piétons et les véhicules de toutes sortes qui se dirigeaient vers Gramat. Rien n'attirait particulièrement Xavier Lamblin dans cette ville, sinon le besoin de s'y restaurer et de laisser souffler sa monture. Il avait quitté Martel aux aurores, las de subir les ronflements d'un photographe ambulant avec lequel il avait été contraint de partager la chambre dans une auberge de modeste confort. Le pas de sa monture l'avait maintenu dans une demi somnolence tout au long de la monotone traversée des causses. Sa vue commençait à se lasser de la nudité et de la sécheresse des paysages.

A voir l'animation qui régnait depuis un moment sur la route et qui ne cessait de s'amplifier au fur et à mesure qu'il s'avançait vers Gramat, Xavier comprit qu'une importante foire devait se tenir en cette ville. Cabriolets ou tilburys menés par des chevaux, carrioles ou charrettes cahotant derrière des ânes ou des paires de bœufs composaient maintenant une longue et bruyante caravane au-dessus de laquelle s'élevait une brume de poussière. Beaucoup de ces véhicules transportaient des biens destinés à être vendus sur le champ de foire : moutons, chèvres, cochons, lapins, volailles, fruits et légumes.

Rares étaient les hommes en costume. La majeure partie d'entre eux arborait l'ample blouse bleue paysanne qui flottait jusqu'à mi-cuisse. Les autres, et surtout les plus jeunes, se contentaient de chemises très échancrées et de pantalons de travail serrés à la taille par plusieurs tours d'une large bande de flanelle. Quelques uns étaient coiffés de casquettes, mais la plupart avaient préféré le grand chapeau de paille ou de feutre qui mettait à l'abri d'un soleil déjà généreux.

Les femmes, elles aussi humblement vêtues, mettaient toutefois une touche de coquetterie dans leurs toilettes. C'était un blanc bonnet garni de dentelle ou un chapeau égayé de rubans de plusieurs couleurs, un beau corsage, un tablier joliment brodé ; souvent, encore, un châle chamarré jeté sur les épaules qui faisait oublier la simplicité de la jupe ou de la blouse qu'il accompagnait.

La modestie vestimentaire de ces gens de la terre faisait d'autant ressortir la mise recherchée de Xavier. Il portait des vêtements de cavalier de belle qualité : courte redingote de drap noir entrouverte sur un gilet rayé et une chemise blanche, faux-col rabattu sur une cravate nouée à l'anglaise, culotte collante rentrée dans de fines bottes montant jusqu'aux genoux. L'homme, incontestablement, avait très fière allure, mais les regards des femmes s'attachaient surtout à son visage éclairé par des yeux d'un bleu intense et encadré par une chevelure et des favoris d'un blond presque doré qu'elles n'étaient pas accoutumées à voir dans la région. Des boucles épaisses s'échappaient du chapeau en poil de castor dont il était coiffé et lui couvraient toute la nuque.

Les jeunes femmes se poussaient du coude sur son passage. Il ne dédaignait pas leur admiration et, lorsque l'une d'elles attirait plus particulièrement son attention, il soulevait son chapeau pour saluer sa grâce. La belle, inévitablement, en rougissait de plaisir et le jeune cavalier, qui s'en amusait fort, souriait malicieusement. Ses joues se creusaient alors de fossettes qui ajoutaient encore à son pouvoir séducteur. Ce petit jeu, pas tout à fait innocent, n'était pas du goût des mères irritées à la pensée que la vertu de leurs filles pût être un tant soit peu mise en doute et qui foudroyaient le cavalier du regard. Réaction pleine de clairvoyance, car cet homme au visage d'ange n'avait rien du gendre idéal.

Xavier n'était pas, il fallait l'admettre, un personnage des plus recommandables. Coureur, joueur et assez peu attiré par le travail, il s'était fait une religion de profiter pleinement de la vie sans se laisser étouffer par les principes. Fils cadet d'un gros marchand drapier de la rue de Rivoli, à Paris, il n'avait mis aucun empressement à s'intéresser au commerce familial. Son père, de caractère rigide, n'avait pas hésité longtemps avant de l'écarter de toute gestion du magasin, lui préférant son frère aîné bien plus zélé que lui. A ce fils, considéré comme une brebis galeuse et un parasite, il avait choisi de remettre une bonne somme d'argent en le priant d'aller tenter sa chance ailleurs.

La chance, Xavier ne voyait pas comment elle aurait pu lui sourire en dehors des tables de jeux où il avait rapidement englouti sa petite fortune. Pour inverser le sort, il avait triché, d'abord un peu, beaucoup ensuite, jusqu'à ce qu'un riche négociant des Antilles menace de le faire rosser par ses valets. Dans le même temps, il avait été provoqué en duel par un colonel de cavalerie qui s'était brillamment illustré sur les champs de bataille de Magenta et de Solférino et à qui il avait eu l'audace de ravir la maîtresse. Ayant appris, incidemment, que ce haut gradé professait l'escrime et, qu'en tant qu'offensé, aurait le choix des armes, il avait jugé de la première prudence de s'enfuir vers des cieux plus cléments.

Depuis, il vagabondait sur les routes de France avec, pour tous bagages, un sac de voyage calé à l'arrière de la selle et deux sacoches fixées de chaque côté de celle-ci. Il allait, sans but précis, en quête d'une hypothétique « bonne affaire » qui lui permettrait de retrouver un peu d'aisance.

Au cours d'un bref séjour à Orléans, il s'était approprié une partie des économies d'un notaire qui l'avait défié aux dés, mais cet argent lui avait encore une fois brûlé les doigts et il s'était empressé de le dilapider.

A Chateauroux, à bout de ressources, il s'était résolu à travailler pour un apothicaire spécialisé dans les traitements par les plantes. Pendant plusieurs mois, il avait battu la campagne à la recherche de végétaux divers qu'il identifiait grâce à des ouvrages de botanique fournis par son maître. Une prospection qui ne lui aurait pas été désagréable s'il n'avait été si mal et si irrégulièrement payé. Son employeur était pourtant l'un des hommes les plus fortunés de la ville où il y avait, comme partout ailleurs, plus de malades que de bien portants, mais il était d'une avarice des plus sordides. Afin de l'en punir, Xavier s'était enfui, un beau soir, en emportant la recette de la journée.

Son physique avantageux lui avait ensuite valu d'être engagé dans une petite troupe théâtrale de Limoges. Ce groupe ne manquait pas de talent, mais son répertoire de comédies légères et de farces était trop limité pour qu'il pût se produire régulièrement. Malgré des tournées dans tout le Limousin, la caisse restait souvent dramatiquement vide, si bien que les acteurs devaient parfois sauter un repas sur deux.

C'était un peu de sang neuf que Xavier apportait dans la troupe et sa belle physionomie avait vite attiré un public féminin qui ne tarda pas à lui être totalement acquis. A tel point que ses entrées sur scène, aussi courtes fussent-elles, étaient accompagnées de murmures d'admiration et de soupirs. Cela en disait long sur les ravages qu'il provoquait dans les esprits des jeunes femmes en mal de prétendants.

Le jeune acteur en herbe jugea qu'il aurait eu grand tort de ne point répondre à tant de sollicitations. Pourquoi se priver du plaisir de séduire quelques jeunes filles innocentes ? Il se le refusa si peu que des familles bien-pensantes, soucieuses de préserver les bonnes mœurs, firent pression sur le directeur de la troupe afin que fût chassé l'indésirable. Xavier avait donc repris la route, en laissant derrière lui des cœurs éplorés et beaucoup d'illusions perdues.

Sa longue errance l'avait ensuite amené à Brives où il était arrivé dans un état de fatigue extrême. Trop de privations consenties avec ses compagnons de théâtre, puis des petits travaux qu'il avait bien été contraint d'accepter pour manger très peu et coucher le plus souvent dans la paille. Il avait dû, plus d'une fois, raccrocher ses coquets habits de cavalier et enfiler les sobres vêtements de travail qu'il avait adoptés chez l'apothicaire de Châteauroux et qu'il faisait suivre depuis, à savoir : un sarrau, une épaisse chemise de coton, un pantalon de toile, une casquette et des chaussures à bon marché. Peu habitué aux efforts depuis sa plus tendre enfance, les durs labeurs qu'il avait été obligé d'accepter, surtout dans les fermes, l'avaient épuisé.

Las de vivre de façon instable, il avait décidé d'établir ses quartiers dans une confortable auberge de la cité corrézienne, bien déterminé à déménager à la cloche de bois dès qu'il se serait refait une santé. Mais il n'avait pas eu à recourir à cette si malhonnête extrémité, car la propriétaire des lieux, une avenante veuve d'une quarantaine d'années, avait été touchée de compassion devant la maigreur de Xavier avant de tomber dans le piège de son regard azuré.

Le jeune homme avait vite compris le parti qu'il pouvait tirer de la situation. La dame avait du charme et sa cuisine était à la hauteur de la réputation que lui avaient faite les gastronomes brivistes.

De bons petits plats en pâtisseries délicates, Xavier eut tôt fait de retrouver toute sa vitalité. D'autant que son hôtesse n'exigeait pas de lui de trop contraignantes tâches. Préposé aux écuries, il n'avait guère qu'à nourrir et panser les chevaux des clients de passage. Le reste du temps, la dame était aux petits soins pour lui.

Une fort plaisante situation que bien d'autres que Xavier eussent fait durer le plus longtemps possible. Mais, chez le jeune aventurier, le naturel ne tardait jamais à revenir au galop. Le besoin de séduire était à ce point ancré en lui qu'il ne pouvait envisager de s'attacher à une seule femme, fût-elle la plus belle de la terre. Aussi s'empressa-t-il d'abord auprès des servantes de l'auberge, avant de s'intéresser aux clientes de passage. L'hôtesse lui fit des scènes, timides d'abord, plus âpres ensuite. Ce qui n'aboutit qu'à contrarier le jeune homme. Elle lui reprocha aussi ses habitudes de jeu qu'il avait reprises avec de riches clients. Il s'en exaspéra, car il n'aimait pas qu'on lui dictât sa conduite. Et puis, il commençait à s'ennuyer dans cet univers clos. Il se sentait des envies de reprendre la route.

Un jour, il constata qu'il avait bien du mal à enfiler sa culotte de cheval. Force lui fut d'admettre, en se contemplant dans un miroir, qu'il avait pris quelque ampleur au niveau de la taille et du fessier. « Mon pauvre Xavier, tu t'embourgeoises ! » fit-il à son reflet. Le lendemain, aux premières lueurs du jour, il enfourcha son cheval et partit sans laisser d'adresse. Il crut s'acquitter envers sa protectrice en lui laissant un bouquet de fleurs des champs et ce petit mot qui ne lui avait pas nécessité trop de recherches : « Merci pour tout ».

L'inconstant jeune homme apercevait à présent les clochers de Gramat qui se dressaient au-dessus d'un étagement de toits entremêlés de verdure. Il passa près d'une tuilerie et remarqua, à proximité de celle-ci, une grande maison d'un luxe tapageur à laquelle le propriétaire avait voulu donner une apparence de château, avec des tourelles à chaque angle et de grandes fenêtres imitation Renaissance. Seuls le jardin planté de rosiers et la longue allée bordée de platanes qui précédaient cette demeure de mauvais goût paraissaient acceptables à Xavier qui afficha une moue critique.

Il eut du mal à se frayer un chemin dans la cohue qui bloquait l'entrée de la ville. Il se laissa porter par la foule jusqu'au champ de foire sur lequel flottait une forte odeur animale. Toutes les bêtes étaient rassemblées là, mammifères d'un côté, volailles de l'autre, dans un labyrinthe d'enclos autour desquels se pressaient vendeurs et acheteurs. Les cris et plaintes de tous ces animaux apeurés et désorientés venaient s'ajouter au brouhaha général.

Xavier n'était guère intéressé par ce spectacle. Des foires et des marchés il en avait vu bien d'autres à travers les provinces qu'il avait traversées. Il était fatigué des suites de sa mauvaise nuit et de toute l'agitation qu'il avait connue aux abords de la ville. Il n'aspirait qu'à se reposer, se restaurer quelque peu et faire panser son cheval.

L'argent, pour une fois, ne lui manquait pas. Plusieurs mois de salaire que la jolie veuve avait eu la faiblesse de lui verser avec régularité et beaucoup de générosité par rapport aux services rendus, plus un assez joli magot en pièces d'or qu'il s'était constitué en jouant aux cartes ou aux dés avec quelques clients fortunés.

Il avisa une auberge de bel aspect en bordure du foirail. Après s'être assuré les services d'un palefrenier pour qu'il prît soin de sa monture, il pénétra dans l'établissement. L'endroit était presque comble, mais il parvint à trouver une place, sur un banc, auprès de quatre robustes paysans en blouse attablés devant des assiettées de soupe. Les hommes le considérèrent avec curiosité, la cuillère suspendue au-devant de la bouche, car ils n'étaient pas habitués à côtoyer un citoyen aussi bien vêtu. Xavier leur adressa un salut de la tête, accompagné d'un sourire, afin de leur montrer qu'il ne faisait aucun cas de leurs différences vestimentaires. Les hommes, satisfaits de ce comportement simple, lui rendirent son sourire et les cuillères reprirent leurs chemins.

Xavier commanda une omelette avec un verre de vin et, en attendant d'être servi, fixa son attention sur une table proche où un gros personnage, habillé en bourgeois, tout empreint de suffisance, parlait beaucoup et très fort. Ses convives, au nombre de trois, l'écoutaient avec la plus grande attention. Il s'adressait à eux, à tour de rôle, et paraissait leur donner des ordres. L'homme, sans doute afin de se donner de l'importance, extrayait très fréquemment de la poche de son gilet une superbe montre en or qu'il faisait mine de consulter, comme si l'attendait un rendez-vous du plus extrême intérêt.

Xavier qui, plusieurs fois, avait gagné ou perdu au jeu quelques uns de ces précieux objets sut en apprécier tout de suite la qualité. « Fichtre ! se dit-il, ce bougre-là doit avoir d'assez jolies ressources pour s'autoriser un pareil cadeau ! »

La curiosité lui fit demander à ses voisins quel était cet homme qui paradait tant.

– Ah ! cette sale bête ! répondit l'un d'eux, c'est Fabrégal, le maquignon le plus retors de tout le canton. Avec les trois qui sont à sa table et quelques autres qui marchent avec lui, ils courent toutes les foires de la région et fixent les prix du bétail. Jamais ils ne vous feront compliment sur les animaux que vous voulez vendre. Au contraire, ils sont prêts à leur trouver tous les défauts. Ils abusent les petits éleveurs naïfs en leur faisant croire que les cours sont au plus bas, que les bouchers vendent de moins en moins de viande, que l'acheminement des bêtes vers les abattoirs revient cher, etc., etc. Ils marchandent avec acharnement jusqu'au moment où, complètement lassés, même les moins disposés à les entendre finissent par lâcher pied. Ils vont jusqu'à faire boire les vendeurs afin de faire taire leur méfiance et mieux les escroquer.

– Moi, fit un second, ils m'ont roulé en m'achetant au rabais une vache sous le prétexte qu'elle était borgne. Pourtant, elle donnait tout autant de lait que les autres !

– A moi, qui voulais vendre des moutons, renchérit un troisième, ils ont fait croire qu'il y avait une épidémie de picoto et que la viande, à cause de ça, se vendait très mal...

– La picoto, qu'est-ce que c'est ? l'interrompit Xavier.

– Ici, c'est comme ça qu'on appelle la variole des ovins, reprit l'homme. C'est une maladie très contagieuse qu'on craint beaucoup, nous les éleveurs. En fait, ils m'avaient menti. Quand je l'ai su, c'était trop tard, évidemment. J'avais vendu au plus bas prix possible !

– Vous arrivez d'où ? demanda à Xavier le premier interlocuteur.

– De Martel, répondit le jeune homme.

– Alors, vous avez dû passer devant la maison de Fabrégal, juste à côté de la tuilerie.

– Une grande demeure avec des tours et une allée de platanes, se rappela Xavier.

– C'est ça même, on ne peut pas la manquer. Eh bien ! c'est avec tout l'argent qu'il nous a pris qu'il a pu se la faire construire ! Croyez-moi, chaque pierre de cette bâtisse mériterait, à elle seule, de le faire envoyer en enfer !

– Vous savez, avant qu'il en arrive là, il n'est pas dit que ses méfaits ne lui vaudront pas, un jour ou l'autre, un quelconque rappel à l'ordre, fit Xavier, avec un petit sourire. Car, déjà, se faisait jour, dans son esprit, une idée à tout le moins machiavélique.

– Si vous pouviez avoir raison, mon bon monsieur !

La conversation s'acheva là, attendu que l'omelette et le vin venaient d'être servis et que Xavier avait grand faim et soif. Quand il se fut restauré, il se leva et salua ses voisins avec un « A tout à l'heure, peut-être ! », puis il se dirigea vers la table du maquignon qui le regarda venir avec curiosité, s'interrogeant sur le motif qui pouvait conduire à lui ce bel et élégant jeune homme. Il ne tarda pas à être éclairé.

– Excusez-moi de vous paraître indiscret, cher monsieur, fit Xavier, mais je m'y connais quelque peu en ce qui concerne les montres et je ne me souviens pas d'en avoir vu d'aussi belle que la vôtre. L'avez-vous achetée ici ?

– Non, monsieur ! à Bordeaux, au cours d'un voyage d'affaires, répondit le gros marchand, avec un rien de condescendance, désireux de montrer à ce gandin qu'il n'était pas n'importe qui.

– Et n'est-il pas ici un horloger qui serait capable de m'en fabriquer une identique, reprit Xavier, car je compte rester plusieurs jours à Gramat et aimerais remplacer la mienne qui m'a été dérobée et me fait bien défaut ?

– Il y a bien, effectivement, un horloger dans la Grand Rue, mais je serais étonné qu'il puisse vous faire un travail de cette qualité, fit le maquignon en sortant sa montre avec un évident contentement et lui faisant admirer la fine décoration du boîtier.

– C'est, en effet, une pièce remarquable, reconnut Xavier qui cherchait à flatter le bonhomme. Mais, puis-je vous demander de me faire la faveur de me confier cette petite merveille afin que je la lui présente, seulement pour savoir s'il serait apte à se surpasser et à réaliser quelque chose qui en approcherait un tant soit peu ?

Ce disant, il tira, d'une poche de sa redingote, une grosse bourse et disposa sur la table plusieurs pièces d'or, d'une valeur supérieure à celle de l'objet, il en était certain.

– Voici mon gage, en échange de votre bien. Je vais au plus vite chez cet horloger et, quelle que soit sa réponse, je serai, de toute façon, promptement de retour.

– Prenez votre temps, je ne bougerai pas d'ici, répondit le maquignon, prêt à toutes les concessions envers un citoyen dont la fortune ne faisait aucun doute, la vue des pièces d'or et l'élégance de la mise en témoignaient aisément. « Ah ! pensa-t-il, en regardant s'éloigner le jeune homme, si j'avais un pareil individu sous la main, avec sa mine à se faire donner la communion sans aller à confesses, je suis sûr qu'il ne lui faudrait pas longtemps pour filouter n'importe quel croquant ! »

Le gros homme avait bien tort de se croire plus à l'abri que ses propres victimes. S'il s'était donné la peine de vérifier de quel côté ledit individu allait se diriger à sa sortie de l'auberge, la confiance qu'il avait mise en lui eût été bien ébranlée.

Car Xavier n'avait que faire de l'horloger de la Grand Rue et même, pour le moment, de tous les horlogers de France et de Navarre. Il se hâta vers l'écurie, glissa une pièce au palefrenier, enfourcha son cheval et, très vite, reprit la direction de Martel. Son but véritable n'était autre que la maison du maquignon où il espérait ne pas trouver porte close. Mais, de loin, il aperçut les fenêtres ouvertes. « Allons ! pensa-t-il, l'affaire s'annonce bien ! »

Sans hésiter, il engagea son cheval dans l'allée bordée de platanes et s'avança jusqu'à la demeure. Il attacha sa monture à un anneau fixé dans le mur, escalada les cinq marches qui permettaient d'accéder au perron et, avisant une clochette installée près de la porte, il en tira le cordon à plusieurs reprises.

Un pas feutré se fit entendre de l'autre côté de la porte. Une ravissante soubrette avec un tablier blanc passé sur une longue robe noire lui ouvrit. Un bonnet orné de dentelles et un flot de cheveux bruns encadraient son joli visage qui s'empourpra en le voyant.

– Monsieur ? s'enquit-elle, d'une voix timide.

« Dommage que je n'aie pas de temps à lui consacrer » pensa Xavier qui lui adressa un sourire irrésistible, rien que pour le plaisir de la voir rougir davantage.

– Monsieur de Chambron, inventa-t-il, soucieux de dissimuler sa véritable identité. Je désirerais parler à Madame Fabrégal. Dites-lui que je viens de la part de son mari et qu'il s'agit d'une affaire urgente.

– Tout de suite, monsieur, parvint à articuler la jeune fille.

Elle l'abandonna avec regret, le cœur tout chaviré, et Xavier détailla sa séduisante silhouette, alors qu'elle s'éloignait, avec, lui aussi, quelque nostalgie au fond de l'âme.

Il l'entendit appeler : « Madame ! Madame ! », puis perçut une courte discussion au bout du couloir.

Un pas lourd retentit bientôt dans sa direction et une des plus disgracieuses matrones qu'il ait jamais vues se présenta à lui. Ni les vêtements coûteux qu'elle arborait, ni les bijoux criards dont elle faisait étalage, ne pouvaient faire oublier la vulgarité de ses traits et l'ampleur de son corps. Après la délicieuse apparition de la petite bonne, le contraste était tellement saisissant qu'il eut grand mal à afficher un sourire de convenance.

La bouche de la grosse femme s'arrondit de surprise à la vue de ce jeune homme de si belle allure. Le milieu dans lequel elle évoluait ne l'avait pas habituée à pareille rencontre. Des battements plus précipités dans sa poitrine lui rappelèrent que sous l'épaisseur des chairs elle avait encore un cœur.

Elle pencha un peu la tête de côté, faisant la coquette.

– Monsieur, que puis-je pour votre service ?

Xavier, auquel n'avait pas échappé le trouble qu'il provoquait, employa son ton le plus charmeur. Il en allait de la réussite de sa démarche.

– Madame Fabrégal, je suis enchanté de faire votre connaissance. Votre servante a dû vous donner mon nom qui ne vous dit peut-être rien, mais sachez que je suis en relation avec votre mari depuis déjà plusieurs années. Or, il m'a chargé d'une mission importante auprès de vous et je vous apporte le témoignage de sa confiance en moi.

Ce disant, il exhiba la montre du maquignon, en laissant à sa femme le temps de la reconnaître.

– C'est bien la montre de mon mari, admit-elle, mais que me veut-il ?

– Monsieur Fabrégal est en passe de réaliser une affaire de la plus haute importance. Cela, semble-t-il, n'a rien à voir avec celles qu'il a l'habitude de traiter. Il n'a pas consenti d'ailleurs à me donner de précisions tant il me paraissait incertain du succès de son entreprise. Il m'a seulement demandé de vous inviter à réunir immédiatement tout l'argent qu'il a en sa possession et de me le confier, car la transaction doit se faire au plus vite.

– Mon Dieu ! mon Dieu ! fit la femme, soudain tout alarmée, j'espère qu'il ne va pas se mettre dans un mauvais cas !

– N'ayez crainte, madame ! la rassura Xavier, monsieur Fabrégal ne se lance jamais à la légère. Sa réussite est là pour le prouver, ne croyez-vous pas ?

– Sans doute ! convint-elle. Mais tout de même aller risquer une grande partie de sa fortune !

– Il n'est pas dit qu'il l'engagera toute et vous savez très bien qu'en homme avisé il ne se détermine jamais sans la ccrtitude de réaliser un avantageux profit. Ne pensez seulement qu'à réunir toutes vos ressources, car je suppose qu'il vous en voudrait très sérieusement de ne pas lui avoir permis de conclure comme il le souhaite.

Ces derniers arguments convainquirent la femme du maquignon.

– Attendez-moi un instant. J'aurai vite rassemblé ce que nous avons. Tout est dans notre coffre-fort.

Elle tourna les talons et s'enfonça dans le couloir.

Xavier n'eut pas, en effet, longtemps à patienter. Les pas pesants résonnèrent à nouveau et la dame Fabrégal réapparut, porteuse de deux petits sacs tout boursouflés des pièces qu'ils contenaient.

– Permettez, madame, que je vous débarrasse, fit le jeune homme dans une ultime prévenance.

Il s'empara des deux sacs dont il put tout de suite apprécier la lourdeur, ce qui levait bien des incertitudes sur son avenir, au moins immédiat.

– Je vous remercie de la confiance que vous m'avez accordée, fit-il en dévalant les marches, je m'en vais immédiatement retrouver votre mari qui doit m'attendre avec impatience.

Il fit disparaître le précieux butin dans son sac de voyage, enfourcha son cheval et s'en fut en saluant la dame qui le regarda partir d'un œil attendri. Il se retint de partir au galop. Il appréhendait le grain de sable qui viendrait, d'un seul coup, tout anéantir.

A la porte de la ville, la foule se pressait toujours autant, mais nombreux étaient les villageois qui rentraient sur leurs terres, toutes affaires réglées.

Xavier mit pied à terre devant l'auberge, attacha son cheval à une barrière et entra précipitamment dans l'établissement. Il se dirigea vers la table de Fabrégal qui l'accueillit avec un large sourire.

– Monsieur, lui dit le jeune homme en sortant la montre, je viens de chez l'horloger qui s'est déclaré impuissant à reproduire un pareil chef-d'œuvre. Aussi devrai-je attendre de séjourner dans quelque grande ville pour me doter d'un si précieux objet. Je vous rends votre bien qui me remplit d'envie. Attention que, comme moi, on ne vous le vole pas.

Fabrégal, qui avait accepté les compliments en se rengorgeant devant ses voisins, reprit possession de sa montre et rendit les pièces d'or à Xavier. Celui-ci ne s'attarda pas davantage en politesses. Il fit un bref détour vers la table des quatre paysans qui étaient encore là à bavarder et déposa devant eux l'une des pièces qu'il venait de récupérer.

– Tenez, leur fit-il, voilà de quoi boire un coup à ma santé. Et même un peu plus, je pense.

Les laissant tout saisis d'étonnement, il sortit aussi rapidement qu'il était entré, détacha prestement son cheval, se remit en selle et quitta Gramat le plus vite qu'il put. Il prit au hasard la direction de Gourdon, l'important étant de fuir. Le maquignon attendrait probablement la fin des ventes de bétail pour rentrer chez lui et, découvrant le pot aux roses, alerterait aussitôt les gendarmes. Le temps que ceux-ci se lancent à sa poursuite il possèderait une avance assez confortable. Mais, Xavier avait conscience qu'il ne pouvait se contenter de ce seul avantage. S'il voulait véritablement mettre toutes les chances de son côté, il allait lui falloir brouiller les pistes.

Le jeune homme s'employa donc à se faire remarquer des paysans qui s'éloignaient de la ville, interpellant quelques jeunes filles ou lançant des jurons contre des charretiers qui lui gênaient le passage.

Il espérait que quelques uns d'entre eux se souviendraient de ce cavalier élégant, mais assez malotru, qui s'était dirigé vers Gourdon.

Il poursuivit ainsi pendant une quinzaine de kilomètres, puis quitta la route pour se dissimuler dans un bois. Il ne résista pas, tout d'abord, au plaisir de faire l'inventaire des deux sacs et eut la confirmation que le maquignon roulait vraiment sur l'or. Aucun scrupule ne venait l'effleurer, compte tenu de la fâcheuse réputation de Fabrégal. L'homme, il en était persuadé ne se retrouverait quand même pas sur la paille. Il pourrait, pourquoi pas, revendre les bijoux de sa femme. « Elle les porte si mal », pensa-t-il en souriant. La leçon serait cuisante, de toute façon, pour le marchand de bestiaux que le ridicule allait poursuivre pendant longtemps.

Xavier espérait que les quatre paysans, avec lesquels il avait partagé la table, apprendraient, très vite, le mauvais tour qu'il avait joué à celui qui les avait tant de fois lésés. Outre cela, il pensait que la pièce d'or qu'il leur avait laissée, avant de quitter l'auberge, les dissuaderait de porter un témoignage qui pourrait lui nuire d'une quelconque façon.

Bien que possédant de sérieux atouts pour échapper aux recherches, il lui fallait quand même multiplier les précautions. La première à prendre était de ne point conserver ses trop voyants vêtements qui l'avaient fait remarquer tout au long de la journée. Il s'en défit entièrement avant d'enfiler les effets de travail qu'il conservait au fond du sac de voyage. Il enfonça le plus possible la casquette afin de bien cacher ses cheveux blonds, puis baissa la visière pour que l'ombre de celle-ci porte sur son regard et le rende moins reconnaissable. Il se débarrassa sans regret de sa tenue de cavalier qu'il fit disparaître sous un buisson. Il déciderait du moment convenable où il pourrait renoncer à toute prudence et recommencer à jouer les élégants. Il lui faudrait aussi pendant quelque temps coucher à la belle étoile ou dans des auberges médiocres avant de se laisser aller à plus de confort.

Il quitta le bois et, abandonnant la direction de Gourdon, piqua plein sud par un petit chemin bordé de murets de pierres sèches qui serpentait parmi des prairies. Il avait prévu, initialement, de se rendre à Cahors et, peut-être, à partir de là, continuer vers Montauban et Toulouse. Mais après, qu'allait-il faire, maintenant qu'il était riche et pouvait se permettre beaucoup de fantaisies ? Il se souvint que d'anciens officiers de la campagne d'Italie, menée par Napoléon III, lui avaient vanté ce pays, ses villes et surtout leurs habitantes.

« Eh bien, oui, après tout, pourquoi pas l'Italie, se dit Xavier, puisque les femmes y sont si belles ! ». Et cette douce perspective lui fit trouver, soudain, le ciel plus bleu.

L'AUBERGE DES TROIS FONTAINES

Il faisait déjà nuit depuis une heure. Trop tard, maintenant, pour voir quelqu'un se présenter à l'auberge. Les clients ne s'aventuraient pas trop sur les routes après la tombée du jour.

– Allez, Emilie, il est temps de fermer, fit Honorine à sa nièce.

L'auberge des Trois Fontaines, tenue par Léopold et Honorine Poujol, se situait à mi-chemin de Saint-Martin-de-Vers et Saint-Sauveur-la-Vallée, dans une boucle du Vers. Le ruisseau se faufilait sous les aulnes, à l'arrière du bâtiment, et faisait chanter ses eaux sur une petite cascade. L'endroit était proprement idyllique et incitait à la halte.

L'établissement était assez rustique, avec une vaste salle de restaurant dans laquelle les clients prenaient place, sur des bancs, de part et d'autre de deux longues tables mises bout à bout. A l'étage, quatre chambres, au confort modeste, pouvaient accueillir des voyageurs attardés ou surpris par le mauvais temps.

Devant l'auberge passait la route qui reliait la vallée du Lot à la petite ville de Labastide-Murat. Elle était assez fréquentée, surtout par des rouliers qui amenaient du causse des bois de charpente et remontaient de la grande rivière toutes sortes de matériaux et de denrées destinés aux cités trop enclavées du Massif central. Des marchands, aussi, qui se rendaient sur les foires, ou bien des colporteurs allant de village en village proposer leurs petits objets de pacotille. Des pèlerins, parfois, attirés par quelque évènement religieux à Rocamadour. Et puis, venus en voisins, des cultivateurs des environs qui se rendaient sur leurs terres ou venaient s'approvisionner en eau à l'une de ces trois fontaines qui se situaient à proximité de l'auberge et qu'évoquait l'enseigne de l'établissement. Tout un va-et-vient qui assurait aux époux Poujol une constante activité. Aussi avaient-ils dû faire appel à Emilie, une nièce d'Honorine, qui était venue leur prêter main-forte.

La jeune fille, qui allait sur ses vingt ans, n'était pas une beauté à proprement parler, mais elle avait un sourire charmeur et un teint de pêche qui ne laissaient pas les hommes indifférents. Lorsque ceux-ci se montraient par trop entreprenants elle savait, cependant, les repousser par quelques traits d'esprit qui les laissaient sans réplique.

Un mois plus tôt, deux gendarmes à cheval, venus de Lauzès, avaient mis pied à terre devant l'auberge. Ils étaient chargés de signaler la présence possible dans les environs de deux forçats évadés du bagne de Rochefort depuis près de deux ans. On avait longtemps perdu leur trace et voilà qu'ils avaient été repérés successivement à Gourdon, puis à Figeac et Cajarc. Ils faisaient preuve d'une grande mobilité afin d'échapper aux recherches. Les deux individus étaient considérés comme très dangereux : l'un condamné pour de nombreux vols sous menace d'armes, l'autre pour viols et tentative de meurtre.

Les gendarmes avaient fait une description très précise des fuyards : l'un grand, de large stature, avec de longs cheveux attachés sur la nuque, particulièrement reconnaissable en raison d'un soleil tatoué sur la main droite ; l'autre, de taille moyenne, chauve, défiguré par un bec-de-lièvre.

Emilie avait écouté d'une oreille assez attentive le signalement des deux évadés. Elle avait, toutefois, prêté plus d'attention au physique des gendarmes et à leurs beaux uniformes qu'à leurs propos. Celui qui devait être le chef pouvait avoir une quarantaine d'années. Il était petit, corpulent et portait des moustaches effilées et une barbiche en pointe, selon la mode que venaient de répandre Napoléon III et son entourage. Cela ne convenait pas à son physique et le rendait même plutôt grotesque, avait pensé la jeune fille. Son regard s'était davantage porté sur son compagnon, beaucoup plus jeune, qui, lui aussi, arborait des moustaches, mais tombantes et épaisses, qu'il lissait machinalement du pouce et de l'index, tout en la regardant avec insistance. Elle lui trouvait fière allure avec son bicorne bleu, sa redingote de même couleur, barrée par un baudrier auquel était suspendu un grand sabre, et son pantalon blanc qui disparaissait, au genou, dans de belles bottes noires vernies.

Le jeune homme, qui s'était aperçu de l'intérêt particulier que lui portait cette avenante jouvencelle, l'avait gratifiée d'un sourire et s'était amusé de la soudaine rougeur qui avait envahi ses joues.

Emilie avait gardé ce sourire au fond de sa mémoire et ne pouvait s'empêcher de pousser un soupir chaque fois que leurs échanges de regards lui revenaient en tête. Elle ne pouvait, en effet, s'autoriser l'espoir de revoir ce jeune homme dont la venue avait été par trop fortuite.

Elle acheva de dresser quelques couverts pour le lendemain, en prévision des clients qui s'arrêteraient, tôt le matin, pour prendre leur déjeuner, le plus souvent une soupe bien épaissie de pain. Puis, elle se couvrit d'un châle, saisit une lanterne, en alluma la bougie avec un brandon tiré de la cheminée et sortit dans la nuit.

En cette fin d'avril, l'air était frais et une légère brume commençait à monter du ruisseau. Elle contourna l'auberge afin de fermer le poulailler, derrière la bâtisse. Un loup lança une série de hurlements depuis une proche colline. Une bande de ses congénères lui répondit en chœur, au loin. Emilie frissonna et s'emmitoufla un peu plus dans son châle. Des histoires de loups, elle en avait entendu beaucoup au cours de son enfance, pendant les veillées, toutes plus terrifiantes les unes que les autres, et elle éprouvait, envers ces animaux, une crainte qu'elle ne parvenait pas à raisonner.

Elle se hâta de revenir vers l'auberge et se préparait à fermer les volets de la salle de restaurant lorsqu'elle entendit des pas précipités sur la route. Elle éleva sa lanterne et vit deux silhouettes de tailles différentes émerger de la brume. « Eh bien ! pensa-t-elle, en voilà qui arrivent de justesse ! »

– C'est bien ici l'Auberge des Trois Fontaines ? fit une voix forte et rauque.

L'accent n'était pas du sud, constata Emilie.

– Oui, vous y êtes, répondit-elle.

– Est-ce qu'on pourrait manger et dormir ? reprit l'homme.

– Bien sûr ! Vous avez de la chance, nous allions fermer.

Quand les deux hommes se furent rapprochés, elle leva plus haut encore sa lanterne pour distinguer leurs traits. L'un était grand et de forte carrure, coiffé d'un chapeau à large bord tout bosselé, l'autre, de taille moyenne, avec une casquette à pont dont la visière masquait à demi le regard. Tous deux étaient vêtus de blouses comme en portaient les rouliers. Mais, ce qu'Emilie remarqua immédiatement sur le visage du second c'était le bec-de-lièvre qui retroussait disgracieusement la lèvre supérieure. C'était la première fois qu'elle voyait un individu affligé de cette malformation et elle en eut conçu de la pitié si elle ne s'était rappelée la description que les gendarmes avaient faite des bagnards évadés. Aucune hésitation, elle voyait à présent, sortant de sous le chapeau du plus grand, les cheveux attachés qui formaient comme une queue de cheval.

La jeune fille eut la sensation que le sang se retirait de son corps. Elle aurait voulu pouvoir s'enfuir, mais, à quoi bon ? Cela leur eut donné la preuve qu'elle les avait identifiés et ils se seraient lancés aussitôt à sa poursuite. Malgré son effroi, et peut-être en raison de celui-ci, son cerveau se mit à fonctionner plus vite. Mieux valait contrôler ses nerfs et ne pas laisser comprendre aux hommes qu'ils avaient été signalés jusqu'ici. Le plus terrible était que son oncle avait dû se rendre à Labastide et qu'elles se trouvaient seules, Honorine et elle, à l'auberge. Léopold les avait, en effet, quittées la veille pour aller voir sa mère souffrante et seconder son père, restaurateur comme lui.

Emilie ouvrit la porte et fit signe aux deux hommes d'entrer. Dieu merci, sa tante était occupée à faire la vaisselle du jour dans la cuisine et ne pouvait les voir. Elle, qui était très émotive, aurait peut-être été capable de s'évanouir en s'apercevant qu'elle avait devant elle les forçats évadés qui leur avaient été décrits.

La jeune fille les fit asseoir à la grande table et se hâta de leur servir du vin, dans le but de leur faire prendre patience. Puis, elle passa à la cuisine pour informer sa tante de la périlleuse situation dans laquelle elles venaient d'être plongées. Afin de rassurer Honorine, autant qu'il était possible, elle lui dit que ces hommes, recherchés comme ils l'étaient, n'avaient, après tout, d'autre intention que de se restaurer et de dormir. Mais, ce disant, elle cherchait surtout à se tranquilliser elle-même.

Elle observait, du coin de l'œil, les fugitifs. Ils buvaient pour le moment, sans un mot, fatigués sans doute par de longs mois d'errances et préoccupés très certainement de savoir s'ils pourraient encore longtemps échapper à toutes les polices lancées à leur recherche. Ils avaient tous deux ôtés leurs couvre-chefs, l'homme au bec-de-lièvre révélant ainsi son crâne chauve. Emilie avait pu voir aussi, en apportant le vin, le soleil tatoué sur la main droite du plus grand. Lequel était le violeur ? Elle ne pouvait s'empêcher d'y penser en voyant l'un ou l'autre des criminels poser les yeux sur elle. « Brute ou Bec-de-lièvre ? », comme elle les avait mentalement surnommés. Les deux, peut-être même. Elle était décidée, en tout cas, à se défendre jusqu'à la mort si l'un de ces scélérats osait quoi que ce fût.

Honorine avait interrompu la vaisselle pour vite faire tremper une soupe avec les restes de bouillon du midi. Dès qu'elle fut prête, Emilie s'empressa de la porter aux deux hommes. Ils se jetèrent sur cette nourriture avec un féroce appétit. Peut-être, dans la nécessité qu'ils étaient de se cacher sans cesse, n'avaient-ils pas mangé à leur faim depuis plusieurs jours.

Les deux femmes ne se hâtèrent pas de préparer le reste du repas. Tant que ces hommes ne seraient pas repus, elles pouvaient espérer qu'ils ne tenteraient rien contre elles. En attendant, ils devisaient à voix basse et buvaient sec. Emilie avait dû, par deux fois, leur apporter un pichet de vin.

– Le patron n'est pas là ? s'enquit à un moment Bec-de-lièvre, dans une espèce de chuintement provoqué par son infirmité.

Surprise, Emilie improvisa un mensonge :

– Non, mais il n'est pas bien loin. Il a rendu visite à des voisins et doit rentrer d'un moment à l'autre.

Trop vite et sur un ton pas assez convaincant, constata-t-elle immédiatement. Car Brute, apparemment, n'était pas dupe. Un sourire, ou plutôt une grimace ironique, apparaissait sur son visage, le rendant plus inquiétant encore. En même temps, l'homme la jaugeait, de la tête aux pieds, avec sans gêne. Elle serait, quand il le voudrait, une proie très facile et cela n'était pas pour la rasséréner.

Elle s'en retourna bien vite à la cuisine. Elle pensait au fusil de chasse que son oncle accrochait dans un placard, à côté de la cheminée. Ah ! si seulement elle avait su s'en servir ! Sous sa menace, elle aurait pu leur ordonner de sortir afin d'en finir avec ce cauchemar. Elle ne put que saisir un couteau qu'elle dissimula sous son tablier, bien résolue à vendre chèrement sa vie si l'un ou l'autre des deux hommes cherchait à y attenter. Puis, elle alla aider Honorine qui faisait sauter des pommes de terre pour accompagner des manchons de canard.

– Du vin ! ordonna soudain Brute en tapant avec le fond du pichet sur la table.

Cet impérieux commandement amena paradoxalement de l'espoir chez Emilie. Un bien faible espoir, mais elle était déterminée à tout tenter avant que la situation ne devienne définitivement incontrôlable.

– Tout de suite ! tout de suite ! répondit-elle à Brute, mais à condition que vous m'aidiez à en tirer à la cave. Il va falloir mettre un tonneau en perce. Pour commencer, venez déjà soulever la trappe.

La cave, en effet, se situait sous la salle de restaurant et possédait des dimensions égales. Toutes les réserves de vin s'y trouvaient avec, aussi, des rangées de bocaux de confitures et de pots de grès contenant, enfouis sous la graisse, des confits de canards et d'oies. Autant de réserves qui présentaient l'avantage de mettre les Poujol à l'abri d'une pénurie d'approvisionnement. Le local, très frais et bien ventilé par des soupiraux situés au ras du sol extérieur, garantissait la préservation des produits qui se trouvaient entreposés. Les vins, particulièrement, se bonifiaient et étaient, de ce fait, fort appréciés des voyageurs. L'accès à la cave se faisait par une échelle de meunier qu'il était possible de déplacer pour céder la place à un monte-charge à poulies de conception sommaire mais de grande utilité. C'est avec ce mécanisme qu'un marchand de vins de Labastide faisait descendre ses fûts pour les rouler ensuite jusqu'aux emplacements choisis par l'aubergiste.

Emilie alluma la lanterne et Brute la rejoignit devant la trappe. Il n'eut aucune peine à soulever celle-ci, bien qu'elle fût d'un bon poids en raison des planches épaisses dont elle était constituée. La jeune fille s'engagea sur l'échelle, à reculons, tenant haut la lanterne au bout d'un bras. Le bagnard la suivit et, lorsqu'il prit pied sur le sol en terre battue, il ne put s'empêcher de pousser un sifflement admiratif devant le nombre de tonneaux et de porte-bouteilles bien garnis qui s'alignaient sur deux des côtés de la cave. Emilie choisit un fût au hasard et tendit à Brute un petit maillet qu'elle avait saisi sur une étagère.

– Ecoutez-moi bien ! Vous allez chasser la bonde avec ça et moi, aussitôt, j'enfoncerai la cannelle.

Elle fit semblant de fouiller au fond de la poche de son tablier.

– Oh ! que je suis sotte ! s'exclama-t-elle. Voilà que je l'ai oubliée là-haut. Attendez-moi, je reviens de suite.

L'autre marmonna un vague assentiment.

Emilie gravit l'échelle avec la lanterne, le laissant dans le noir. Bec-de-lièvre, qui avait tout entendu, s'était posté près de la trappe.

– Tenez, lui dit Emilie, en lui tendant la lanterne, allez donc éclairer votre camarade, le temps que je trouve la cannelle.

L'homme se saisit de l'objet, mais se garda de descendre.

– Dis donc, la mignonne ! siffla-t-il, tu manigancerais pas quelque chose, des fois ? Comme de refermer la trappe sur moi, par exemple.

Ses yeux la fixaient durement. Emilie, malgré la peur qu'elle avait au ventre, réussit à répondre :

– Manigancer quoi ? Si vous voulez du vin, il me faut bien une cannelle. J'ai pas l'habitude, moi. Si mon oncle était revenu, c'est lui qui s'occuperait de ça.

Les soupçons du forçat étaient justifiés. Des cannelles, il s'en trouvait plusieurs dans un coin de la cave et Emilie aurait très bien pu se passer de remonter pour en chercher une. Son but avait consisté à séparer les deux hommes et elle y était parvenue en laissant le plus robuste en bas.

Elle revint rapidement avec le robinet.

– Alors, c'est de la manigance, ça ! fit-elle, en le brandissant sous le nez de Bec-de-lièvre. Allez, descendez donc pour me faire de la lumière !

Mais l'homme ne l'entendit pas ainsi.

– Pas du tout, ma jolie, c'est toi qui vas passer la première. Tu me prends peut-être pour le roi des nigauds ?

Il saisit brutalement un bras d'Emilie et la tira vers l'ouverture de la cave. La jeune fille se convainquit que, si elle se laissait entraîner, le pire l'attendrait en bas. Elle se débattit avec toute l'énergie que peut parfois procurer la peur et parvint à se libérer. Elle en profita pour lâcher la cannelle et sortit le couteau qu'elle avait caché sous son tablier. Bec-de-lièvre, voyant son geste, se rua sur elle. Mais Emilie réagit instantanément en lui portant un coup qui, malheureusement pour elle, ne causa aucune blessure à son adversaire, car la blouse qu'il portait avait, en partie, dévié la trajectoire de la lame.

L'homme, toutefois, la regarda, hébété, plus du tout certain de sa supériorité. Il tenait maintenant la lanterne au-devant de lui pour se protéger d'un nouvel assaut, comme il eut fait avec un bouclier.

– Qu'est-ce qui se passe ? cria Brute d'en bas, sans obtenir de réponse.

Emilie craignait qu'il ne remonte. Son avantage était des plus fragiles et sa vie, elle en avait tout à fait conscience, ne tenait guère qu'à un fil. Alors, elle se lança à nouveau sur son agresseur, telle une enragée, le couteau en avant. Le bagnard, la voyant arriver vers lui avec autant de détermination, recula si précipitamment qu'il trébucha et fut comme aspiré par l'ouverture de la cave. Il dévala le long de l'échelle en laissant échapper la lanterne qui vint heurter le sol mais, étrangement, ne s'éteignit pas. Bec-de-lièvre parvint à s'accrocher à l'un des degrés en poussant un cri de souffrance. Mais, ce faisant, il barra la route à Brute qui allait s'élancer à son aide.

Emilie profita de cette circonstance inespérée pour se précipiter vers la trappe. Celle-ci, une fois levée, venait buter contre une poutre, dans une position presque verticale. La jeune fille n'eut donc pas de peine à la rabattre, mais, galvanisée par la peur, elle le fit avec tant d'énergie que cela produisit un grand fracas et qu'un petit nuage de poussière s'éleva du plancher.

Honorine, qui était restée pétrifiée pendant tout l'affrontement de sa nièce avec les deux hommes, se porta à sa rescousse. Les deux femmes se hâtèrent de faire glisser sur la trappe tout ce qui se trouvait à leur portée, de façon à l'alourdir : le coffre à sel, qui avait sa place près de la cheminée, les chenets, de lourds ustensiles de cuisine et quelques chaises qu'elles empilèrent sur le tout.

Depuis la cave, Brute les injuriait et les menaçait :

– Garces ! Je vous promets que, quand on se sera sorti de là, vous allez le payer très cher !

Après avoir aidé Bec-de-lièvre à prendre pied dans la cave, il monta tout en haut de l'échelle et, s'arc-boutant sur les degrés, essaya à plusieurs reprises de soulever la trappe, faisant tressauter tout ce que les femmes avaient entassé dessus. Mais, il comprit rapidement la vanité de ses efforts, sa position peu appropriée le privant de l'essentiel de sa puissance.

Emilie cherchait à faire l'inventaire de tout ce qui pourrait être profitable aux forçats s'ils voulaient tenter quelque chose. Déjà, ils possédaient la lumière, grâce à la lanterne qui, par malheur, avait refusé de s'éteindre, elle en avait eu la confirmation à l'instant où elle refermait la trappe. Ils allaient en profiter pour fouiner dans tous les coins de la cave et mettre la main sur deux ou trois bougeoirs, pourvus d'autant de chandelles, dont se servait Léopold au moment des mises en bouteilles. Cela devrait leur assurer l'éclairage pendant quelques heures. Ils trouveraient aussi, certainement, les cannelles et se mordraient les doigts en constatant de quelle façon elle s'était jouée d'eux. Mais, surtout, ils découvriraient les leviers métalliques qui permettaient à son oncle et au marchand de vin de déplacer les fûts. Ils pouvaient constituer des outils des plus efficaces si les deux hommes envisageaient de s'attaquer à la trappe ou d'ébranler les pierres autour des soupiraux.

La jeune fille jugea qu'il était impérieux d'aller chercher des secours. Elles auraient certes pu s'enfuir toutes les deux, mais qu'adviendrait-il si les deux bagnards parvenaient à se tirer de là ? Ne seraient-ils pas tentés de revenir plus tard, avec l'intention de se livrer à des représailles ? Non, décidément, il fallait qu'ils fussent définitivement mis hors d'état de nuire. A voix basse, elle ordonna à sa tante de courir prévenir les plus proches voisins. Ils demeuraient à quelque cinq cents mètres, mais, une fois alertés, ils pourraient dépêcher quelqu'un pour chercher des renforts. Honorine devrait leur transmettre la consigne de tous venir armés, autant que possible, fût-ce de simples fourches.

Une fois que sa tante fut partie dans la nuit en trottant, Emilie prit pleinement conscience de sa vulnérabilité. Ce qu'elle avait craint se produisit beaucoup trop vite à son gré. Les deux hommes avaient trouvé les leviers et faisaient maintenant trembler la trappe sous les coups très violents qu'ils lui portaient. Mais les planches, avec leur forte épaisseur, n'étaient pas prêtes à céder, la charge qu'elles supportaient les rendant plus résistantes encore. Aussi renoncèrent-ils rapidement.

Puis, il se fit un long silence. Ils devaient se concerter, pensa Emilie. Elle se tenait près de la trappe, aux écoutes. Elle entendit à nouveau cogner. Tout au fond de la cave, semblait-il, côté ruisseau. Il y eut, plusieurs fois, les bruits secs de bois que l'on brise. Il se trouvait par là, se rappela-t-elle, de vieux tonneaux dont son oncle aurait dû se débarrasser depuis longtemps. Des récipients hors d'usage, aux douves charançonnées ou disjointes.

« Que préparent-ils ? » s'interrogea la jeune fille. Elle s'agenouilla pour approcher une oreille du plancher, essayant de capter leurs paroles, mais elle n'entendit que des pas précipités et le bruit de morceaux de bois qui s'entrechoquaient, comme si les deux hommes étaient en train de les empiler au-dessous d'elle.

Elle devina leur intention lorsqu'elle vit des filets de fumée s'élever de sous l'amoncellement d'objets qui surchargeaient la trappe. La voix de Brute se fit entendre :

– Ecoutez-nous bien, vous deux, là-haut. On n'a plus rien à perdre. Si vous ne voulez pas qu'on mette le feu à votre auberge, libérez la trappe et enfuyez-vous où vous voudrez. On ne vous cherchera pas, c'est juré. Nous, ce qu'on veut, c'est sortir de là. Demain, on sera loin d'ici.

Emilie ne répondit pas. Elle alla à la cuisine et s'empara de deux seaux qui contenaient de l'eau puisée dans la journée. Ecartant quelques objets de sur la trappe, elle déversa lentement le contenu des récipients sur les planches. Le liquide, passant entre celles-ci, se répandit en pluie sur le foyer naissant et le fit crépiter. Une fumée encore plus épaisse monta d'en bas. Emilie entendit les deux hommes tousser.

– Ah ! les charognes ! s'écria Bec-de-lièvre, c'est le diable que ces femelles là !

– Aide-moi vite, fit Brute, il ne faut pas que le feu s'éteigne.

Emilie imagina les deux bagnards en train de s'activer sous la trappe. Elle alla à la cheminée chercher la marmite où chauffait toujours l'eau de la vaisselle qu'Honorine avait interrompue pour préparer le repas. Armée de chiffons, elle décrocha l'ustensile de la crémaillère et revint à la trappe. Elle versa le liquide bouillant à travers les planches. Elle entendit, au-dessous, les deux hommes jurer en recevant des gouttes brûlantes.

– Tenez-vous tranquilles, leur lança Emilie, ou il va vous en cuire encore.

Une recommandation qui, à l'évidence, ne fut pas du goût des forçats, car une bordée d'insultes monta de la cave. Ils abandonnèrent toutefois leurs projets incendiaires. Emilie les entendit, à nouveau, frapper avec les leviers. Cette fois-ci contre des pierres. Sans doute essayaient-ils de desceller celles qui entouraient un soupirail. Il leur suffisait d'en ébranler une ou deux pour que le reste vienne ensuite assez facilement et qu'une brèche se crée par où ils pourraient s'enfuir. Mais cette action fut la dernière qu'ils purent entreprendre. Les secours arrivaient enfin.

Honorine revenait avec un voisin et son fils, tous deux armés de fusils de chasse. Emilie leur demanda d'aller se poster devant les soupiraux, afin de faire comprendre aux deux bandits que toute tentative d'évasion était désormais totalement vaine. Puis, des renforts parvinrent des fermes les plus proches. Les deux femmes disposèrent ainsi d'une dizaine d'hommes, tous armés, qui pouvaient se relayer de façon à assurer la garde des deux séquestrés. Plusieurs firent la chaîne avec des seaux jusqu'au ruisseau afin de déverser, à travers la trappe, une bonne quantité d'eau et s'assurer ainsi que le feu ne pourrait reprendre.

Un homme partit à cheval pour Lauzès avec la mission de prévenir les gendarmes. Honorine et Emilie, bien qu'encore sous le coup de l'émotion, se firent un devoir de restaurer la petite troupe venue les protéger. Malgré cet entourage sécurisant, elles ne pouvaient envisager d'aller se reposer comme il leur était conseillé. Elles n'imaginaient pas pouvoir trouver le sommeil aussi longtemps qu'elles ne seraient pas débarrassées de leurs encombrants prisonniers.

Ceux-ci, semblait-il, s'étaient résignés à leur sort. Ils devaient se maudire, à coup sûr, de s'être fait duper par une si jeune et si faible femme, au point d'en perdre, à jamais, tout espoir de liberté. Les hommes, qui les surveillaient depuis les soupiraux, rapportaient qu'ils s'étaient littéralement gavés de confits de canards extraits d'un pot de grès et qu'ils débouchaient bouteille après bouteille avec la volonté, très évidente, de s'étourdir. Plus tard, ils vinrent signaler que les deux hommes, à court de bougies, étaient plongés dans le noir.

Les gendarmes parvinrent à l'auberge avant que le jour ne se lève. Ils étaient six, bien armés, se réjouissant de prendre livraison de si gros gibiers. Un honneur que leur envieraient, assurément, toutes les brigades du département.

La trappe fut dégagée et ouverte. Une âcre odeur de brûlé et de vin monta de la cave. Les gendarmes pointèrent leurs fusils vers le vide obscur et leur chef, le petit gros à la barbiche et aux moustaches à la Napoléon III, ordonna :

– Sortez de là ! Ne cherchez pas à résister ! Vous êtes faits !

Mais nul ne répondit et aucun bruit ne se fit entendre.

Une partie de l'échelle avait été endommagée par le feu et il fallut aller en chercher une autre pour qu'un gendarme pût descendre avec une lanterne. Son investigation fut de courte durée.

– Ils dorment, fit-il, ils cuvent leur vin !

Tous se mirent à rire, soulagés d'apprendre que la capture des deux fuyards s'opèrerait sans heurts. Puis le gendarme descendu en éclaireur informa que les deux bagnards, sans doute par esprit de vengeance, avaient vidé le contenu de plusieurs tonneaux et qu'ils baignaient dans une mare de vin.

Restait à remonter ces corps inertes et, heureusement, le monte-charge était en état de fonctionner. Le temps que le mécanisme fût mis en place, les gendarmes questionnèrent Honorine et sa nièce sur le déroulement des faits. Le beau jeune homme, qu'Emilie avait remarqué lorsqu'on les avait informés des déplacements des forçats, n'était pas le moins empressé à lui demander des renseignements et il lissait consciencieusement ses moustaches du pouce et de l'index, tout en l'écoutant attentivement et la couvant des yeux.

Lorsque les deux hommes furent amenés dans la salle de restaurant, on tenta de les tirer de leur léthargie, mais rien n'y fit, pas même les carafes d'eau qu'on leur vida sur le visage. Ils avaient dépassé le simple état d'ivresse pour plonger dans un coma éthylique. On fouilla leurs poches et y trouva de bonnes sommes d'argent, fruits d'évidentes rapines. Cela servit à dédommager quelque peu les aubergistes des préjudices qu'ils avaient subis.

Un des voisins présents dut repartir vers sa ferme pour mettre à la disposition des représentants de l'ordre une charrette sur laquelle furent hissés les deux individus. Ils furent conduits, bien ligotés et sous bonne escorte, jusqu'à Lauzès où ils eurent le loisir de dessoûler avant d'être reconduits au bagne.

Emilie, après cette aventure au cours de laquelle elle s'était si bien illustrée, provoqua l'admiration dans tous les environs et plusieurs jeunes gens, subjugués par son courage et sa présence d'esprit, s'empressèrent de demander sa main. Ce fut finalement le beau gendarme qui eut la préférence. En partie parce qu'après ce qu'elle avait vécu elle ressentait un besoin tout à fait justifié de sécurité, mais, principalement, en raison de la charmante façon qu'il avait de lisser ses moustaches quand il la regardait.

UNE SI JOLIE PETITE CHÈVRE

Au tout début des années 1900, l'un des plus petits mais aussi des plus isolés parmi les villages qui s'éparpillaient sur le Causse de Limogne était tout particulièrement connu dans cette région pour l'extrême stérilité de ses sols. Il était environné de landes arides dans lesquelles les habitants n'avaient aucune peine à trouver les matériaux nécessaires à construire les murs qui entouraient leurs parcelles. A voir l'épaisseur et la hauteur de ceux-ci, on comprenait facilement que plusieurs générations avaient dû s'atteler à la tâche, avec la volonté obstinée de débarrasser leurs domaines des pierres dont ils étaient parsemés. Vain espoir car, à en juger par les cailloux, moellons de toutes formes et blocs de rochers intransportables qui jonchaient partout le sol, on ne pouvait s'empêcher d' imaginer quelque puissance infernale s'acharnant à en faire surgir indéfiniment du fin fond de la terre pour se jouer de la patience humaine.

Sur les rares espaces qui avaient pu être néanmoins conquis ne poussaient qu'une herbe rase et des genévriers chétifs. Sans l'élevage des moutons et des chèvres il y aurait eu peu de chance de survie pour les habitants de cette commune si déshéritée. C'est dire toute l'importance prise par ces animaux aux yeux de leurs propriétaires. Le lait, la laine et les fromages constituaient des biens précieux qui leur permettaient d'acquérir des denrées de première nécessité et, ainsi, de ne pas désespérer totalement de leur sort.

Or, un beau jour, mais pouvait-on parler de beau jour sur ces terres ingrates, une chèvre vint à s'égarer dans les rues du village. Elle avait un épais pelage noir, vaguement teinté de roux, des cornes joliment arquées et de grands yeux mordorés. Une bien belle bête que beaucoup se seraient fait un plaisir d'adopter. Elle béguetait de façon pitoyable et toute la population s'en émut très charitablement. Chacun s'interrogea pour savoir à qui elle appartenait par souci de lui faire réintégrer au plus vite son troupeau.

En attendant que le propriétaire voulût bien se manifester, Clément, le maire, jugea bon d'enfermer l'animal dans un enclos, derrière sa propre maison. Mais, au bout de deux jours, personne ne s'était encore préoccupé du sort de la pauvre biquette qui continuait à crier sa détresse. Le maire, malgré toute sa compassion envers elle, commençait à mal supporter ses plaintes. Aussi se décida-t-il à prospecter les environs, pensant que la nouvelle de la récupération de la chèvre n'était pas encore parvenue jusqu'à certaines fermes isolées.

Son espoir fut d'abord déçu, chacun des éleveurs visités se déclarant avoir été informé mais ne déplorant pas de disparition dans son troupeau. Puis, son parcours l'amena chez Delprat, un de ses anciens condisciples à l'école, dont la belle maison en pierre et ses dépendances étaient ombragées par trois chênes plusieurs fois séculaires. C'était le plus favorisé de ses administrés, puisqu'il détenait la moitié des terres de la commune et autant de bêtes, à lui seul, que tous les autres habitants réunis. Ce qui lui permettait de vivre dans une certaine aisance et d'exciter les jalousies.

Grand et assez maigre, avec un visage sévère, il avait une réputation d'infatigable travailleur, dur avec lui-même, intransigeant envers les autres, âpre au gain et volontiers chicaneur avec ses voisins.

Lorsque le maire lui exposa les raisons de sa visite, Delprat n'hésita pas une seconde :

– Aquelo crabo pod pas estre qu'a iou. (Cette chèvre ne peut être qu'à moi.)

Il ajouta :

– Il ne se passe pas une semaine sans que ce crétin de Joseph (il parlait de son domestique) ne m'égare un mouton ou une chèvre et Dieu seul pourrait dire le temps que nous gaspillons ensuite à les rechercher.

– Aurais-tu quelque idée de la couleur de cette bête ? hasarda le maire.

– Est-ce que je sais, moi, lui répondit Delprat, j'en ai tant que je ne les connais pas toutes.

– Bien sûr ! bien sûr ! concéda Clément, aussi je te demande de passer chez moi pour voir si elle t'appartient bien.

Devant l'assurance de Delprat, le maire pensa l'affaire entendue. Néanmoins, il poursuivit ses visites et termina par la masure de Gustou, un vieux garçon d'une trentaine d'années, plutôt original, qui vivait en sauvage depuis la mort de ses parents. Il ne se montrait au village que lorsqu'il venait y échanger ou vendre quelque lapin ou lièvre pris au collet, car on ne connaissait pas à la ronde, plus braconnier que lui. Il ne fuyait pourtant pas la conversation lorsqu'on le rencontrait, mais la solitude semblait lui convenir davantage.

Au contraire de Delprat, Gustou ne possédait guère qu'une dizaine de bêtes et l'on ne savait trop comment il arrivait à vivre. En fait, personne ne s'en souciait vraiment, tant chacun se préoccupait d'abord de sa propre subsistance.

Le jeune homme habitait une petite maison en torchis qui aurait eu grand besoin d'une nouvelle toiture et dont le badigeon de chaux couvrant les murs s'écaillait un peu partout.

– Oh ! Gustou, sios aqui ? (Oh ! Gustou, tu es là ?) appela le maire.

Un grommellement lui répondit, puis une silhouette trapue vint s'encadrer sur le seuil. Gustou était petit, mais bien râblé, toujours coiffé d'un béret crasseux enfoncé jusqu'à ses sourcils et avec lequel il couchait, peut-être bien. Jamais parfaitement rasé, ni très propre sur lui, il sentait pas mal la chèvre, comme l'avait maintes fois constaté Clément. Lorsque les enfants du village se laissaient aller à quelques caprices les parents les menaçaient de les mener à Gustou. Cela avait, paraît-il, le don de calmer les plus indociles. Le pauvre bougre n'avait pourtant rien de méchant, même si son allure n'était pas toujours très rassurante.

Dès que le maire lui eut fait part de la présence d'une chèvre perdue dans le village, le visage de Gustou s'éclaira d'un large sourire.

– Ah ! l'abetz troubado la Roso ! Aquelo brabo bestio ! Coumencioi a pensar que qualqu'un me l'abio panado ! (Ah ! vous l'avez trouvée la Rose ! Cette brave bête ! Je commençais à penser que quelqu'un me l'avait volée !)

– Elle est de quelle couleur, ta chèvre ? s'enquit Clément.

– Noire, lui répondit Gustou, sans l'ombre d'une hésitation.

– Et alors, pourquoi l'appeler Rose ? s'amusa le maire.

– C'est tout simple, expliqua le vieux garçon, parce qu'elle est née au mois d'août, pour la Sainte-Rose.

– Mais comment donc l'as-tu laissée s'échapper ?

– Ah ! c'est qu'elle a l'humeur vagabonde cette polissonne ! fit Gustou d'un ton attendri. Ça n'est pas la première fois qu'elle me fait le coup, mais je l'avais jusque là retrouvée sans peine !

– C'est bon, il faudra que tu passes chez moi voir s'il s'agit bien d'elle, conclut le maire avant de reprendre le chemin du village.

Tout en marchant, Clément maudissait intérieurement la bête d'être venue troubler sa quiétude quotidienne, vu que depuis bien longtemps, il ne s'était rien passé de très important dans la commune, en dehors des mariages et des enterrements.

Il réfléchissait. Qui, des deux hommes, disait la vérité ? L'un ou l'autre pouvait très bien avoir eu vent de l'apparition de la chèvre dans le village et ne pas s'être empressé de se faire connaître, pensant que le véritable propriétaire pouvait se signaler à tout moment. Gustou avec sa réponse si spontanée sur la couleur de l'animal connaissait peut-être celle-ci par ouï-dire et avait parfaitement pu pousser la malice jusqu'à inventer un nom à la fuyarde afin de rendre sa version crédible.

L'un des deux hommes, en tout cas, trouvait là une belle opportunité de se procurer une bête à moindre frais. Il lui fallait attendre leur confrontation avec la chèvre pour, il y comptait bien, se construire une opinion.

Le premier à se présenter, le lendemain matin, fut Delprat. Dès que Clément l'eut conduit à l'animal, il se fit péremptoire :

– I a pas a se troumpar ! Aquelo bestio es mieuno, la recounessi ! (Il n'y a pas à se tromper ! Cette bête est mienne, je la reconnais !)

Et il s'inquiéta, aussitôt, de récupérer ce qu'il estimait être son bien. Le maire freina son impatience :

– Hé ! fit-il, c'est qu'il y a un autre candidat sur les rangs et, lui aussi, croit bien qu'elle lui appartient.

La surprise s'inscrivit sur le visage de Delprat, suivie par une expression de forte contrariété.

– Et de qui donc s'agit-il ? crut-il bon de s'enquérir.

– Ça, je ne peux pas te le dire, répondit prudemment Clément, mais j'espère que je saurai vous départager au plus vite et rendre au propriétaire ce qui lui est dû.

Delprat ne trouva rien à redire et il s'en fut, apparemment fort déçu de ce contretemps.

Gustou fit son apparition en début d'après-midi, provoquant la fuite de quelques enfants qui allèrent trouver refuge auprès de leurs parents. Le maire le mena immédiatement à l'enclos et le vieux garçon manifesta une joie qui paraissait sincère.

– Oh ! ma Roso ! ma pitchounetto ! ma poulido ! Ven aqui ma filho ! (Oh ! ma Rose ! ma petite ! ma jolie ! Viens ici ma fille !) fit-il en avançant un bras par-dessus la clôture.

Et la chèvre, comme si elle le reconnaissait, répondit à ses appels. Elle se dirigea vers lui et se laissa caresser entre les cornes, en levant la tête et le fixant de ses yeux mordorés.

Cela aurait pu être, pour Clément, une preuve indiscutable mais, se dit-il, le garçon sent tellement la chèvre, après tout, que cela a bien pu provoquer l'attirance de la bête. Et, pour tempérer l'enthousiasme, peut-être feint de son administré, il l'avisa qu'il se trouvait en concurrence pour l'acquisition de l'animal.

– Mes, es a iou ! (Mais, elle est à moi !) ne put que protester Gustou, la mine déconfite.

Le maire l'assura qu'il allait trancher et le laissa repartir vers sa masure.

Clément se voyait revenu à la case départ. Il n'avait jamais connu pareil dilemme. Même s'il penchait pour Gustou, il se serait bien gardé de prendre parti pour l'un ou pour l'autre, par simple souci de justice. Il n'avait aucune raison de léser Delprat qui n'était pourtant pas à une bête près.

Il ne voyait qu'un homme qui pût être de bon conseil, son ami Maxime, le menuisier, considéré comme le sage du village. L'homme ne se contentait pas d'être un habile artisan. C'était, depuis son passage à l'école, un passionné de lecture et une partie de ses économies disparaissait dans l'achat de journaux, livres et revues, au grand détriment de Justine, sa femme, qui eût fait de cet argent de tous autres usages. Il était un peu rebouteux et savait soigner par les plantes. Les gens venaient de loin le consulter en raison de cela, mais peut-être plus encore pour qu'il apporte un remède à leurs petits et grands tracas de la vie quotidienne par le biais de recommandations éclairées. On le disait aussi un peu poète, mais personne ne comprenait rien à ses vers. C'était un précurseur.

Clément alla donc le trouver à son atelier où il était occupé à fabriquer des étagères destinées à recevoir des ouvrages récemment acquis. Après les banalités d'usage, le maire exposa ses préoccupations à son ami. Celui-ci, sans cesser son travail, se mit à réfléchir intensément. Clément le constata à la façon bien particulière qu'avait Maxime de froncer les sourcils et de serrer les lèvres, signes d'une profonde concentration. Clément s'assit discrètement dans un coin de l'atelier, laissant le menuisier à son travail à la fois manuel et cérébral.

Quelques coups de rabot plus tard, Maxime lui livra le fruit de sa cogitation et Clément s'émerveilla de son bon sens. Ce que lui proposait son ami avait quelques similitudes avec le, pour le moins tranchant, jugement de Salomon. Il le quitta, soulagé, convaincu que, cette fois, son problème avait de bonnes chances d'être résolu.

Dès le lendemain, il fit convoquer les adversaires à la mairie. Delprat, là encore, se présenta le premier.

– Et alors, fit-il à Clément, peux-tu me dire à présent qui prétend me prendre ma chèvre ?

– C'est Gustou.

– Eh be ! Es un pauc fort ! (Eh bien ! C'est un peu fort !). Le Gustou, ce crasseux, ce sauvage ! Et tu l'as cru ?

– Oh ! vois-tu, je n'avais pas toutes les raisons de penser qu'il me mentait. Et puis, au final, cela n'a plus aucune importance, car je dois t'informer qu'afin de me conformer à la loi je vais devoir faire abattre la chèvre.

– Que me racountos ? (Que me racontes-tu ?)

– Eh oui ! aujourd'hui même, un gendarme est venu de Limogne avec un ordre du préfet enjoignant les maires de faire exécuter tous les animaux errants, car de nombreux cas de rage ont été signalés dans le Sud Quercy. Même les chèvres sont concernées, puisqu'elles sont susceptibles, elles aussi, de porter le virus. Elles peuvent fort bien s'aventurer dans un fourré et y être mordues par un renard atteint du mal. Cela peut arriver à des bêtes sous surveillance et, à plus forte raison, à celles qui vagabondent.

Delprat écouta cela sans dire un mot, mais ce que Clément lui asséna ensuite ne put le laisser sans réaction.

– Je me dois encore de t'annoncer qu'en tant que propriétaire de la bête et responsable de l'avoir laissée s'enfuir tu seras tenu de l'enterrer toi-même.

– De que dises ? (Qu'est-ce que tu dis ?) s'enflamma d'un seul coup Delprat. Aquo es rete ! (Voilà qui est raide !). On veut me tuer ma bête et, par-dessus le marché, il faudrait que je me charge de l'enterrer !

– Et qui d'autre s'en occuperait ? Moi, peut-être ?

– Toi, non ! Mais ce préfet, donneur d'ordre, qu'il vienne le faire, lui !

Et, là-dessus, ayant craché sa colère, Delprat s'en fut en claquant la porte.

Le maire souffla un bon coup. La moitié du chemin était parcourue. Restait, pour parvenir au but, à recevoir Gustou.

Celui-ci apparut peu de temps après. Clément eut à peine le temps de le faire entrer dans la mairie que le vieux garçon s'empressa :

– Alors, monsieur le maire, on va me la rendre ma chèvre ? Et qui c'est l'autre qui veut me la prendre ?

– L'autre, c'est Delprat, je viens juste de le recevoir.

– Delprat ! Cet espèce de grand filou ! Il n'a pas assez de bêtes qu'il veuille en plus me voler la mienne !

– Ne t'inquiète pas de Delprat. De toute façon, il va falloir la tuer cette chèvre.

Gustou resta figé, la bouche ouverte, le visage exprimant une totale incompréhension. Clément lui servit alors le couplet sur l'épidémie de rage et l'ordre préfectoral qui s'en était ensuivi. Il se sentait gêné d'infliger cela à ce garçon un peu à part, mais visiblement chagriné, à en juger par sa mine qui se décomposait au fur et à mesure qu'il lui parlait.

– Pauro bestio ! pauro bestio ! Es pas poussiple ! (Pauvre

bête ! pauvre bête ! C'est pas possible !), ne faisait que répéter Gustou en hochant la tête.

Puis, le maire l'avisa du devoir qu'il aurait d'enterrer l'animal. Il vit de grosses larmes couler sur les joues de son interlocuteur qui se moucha avant de lui dire :

– De sigur que la vau enterrar, ma Roso, ma pauroto. E lou farai pla coumo cal ! (Bien sûr que je vais l'enterrer, ma Rose, ma pauvrette. Et je le ferai bien comme il faut !). Je lui creuserai sa tombe au milieu de l'enclos où je mets mes bêtes. Comme ça, ce sera comme si elle était toujours là, parmi les autres.

Clément l'arrêta là. Sa conviction était faite. Il n'avait plus de raison de torturer le jeune homme qui venait de faire la preuve de sa sincérité de façon indéniable.

– Allez, mon brave Gustou, j'arrête la comédie. Pardonne-moi si j'ai pu te faire de la peine, mais, Maxime et moi, avons inventé toute cette histoire afin de savoir qui, de Delprat ou de toi, disait la vérité. Rassure-toi, on ne la tuera pas la chèvre. Elle t'appartient, je n'ai plus maintenant aucun doute.

Le jeune homme ne savait plus que penser. Il était là, les bras ballants, le visage encore tout empreint d'émotion, ne comprenant pas encore qu'il était au bout du cauchemar.

– Alors, c'était pas vrai tout ça, interrogea-t-il.

Et, comme le maire secouait la tête négativement en souriant.

– Eh ! couillon ! c'est que j'y ai bien cru !

Il se décida enfin à rire, libéré de tout le poids qu'il avait sur le cœur.

Sur ce, Clément alla chercher une corde préparée depuis la veille.

– Tiens, fit-il à Gustou, je l'avais mise de côté pour que le propriétaire reconnu puisse ramener la chèvre chez lui. Maintenant, je l'avoue bien sincèrement, j'espérais que ce serait à toi que je la remettrais, mais je n'avais aucun droit à l'erreur.

Dans l'enclos, la Rose, docilement, se laissa attacher. Rien ne se lisait dans ses yeux mordorés, mais, bien certainement, elle devait être contente de retrouver son maître. L'odeur de celui-ci, sans doute, la rassurait.

Quand Gustou se fut éloigné, tirant derrière lui sa protégée, Clément alla retrouver Maxime dans son atelier.

– Voilà ! fit-il, après lui avoir conté le dénouement de l'affaire, tout est bien qui finit bien !

– Et puis, ils se marièrent et eurent beaucoup d'enfants, ajouta Maxime en rigolant.

– Je ne pense pas qu'ils aillent jusque là, conclut Clément, mais je leur souhaite quand même le plus grand bonheur.

A partir de ce jour, le maire et le menuisier trouvèrent, de temps à autre, accroché à leur porte, un lapin ou un lièvre. Preuve que Gustou, à sa façon, avait du savoir vivre.

Achevé d'imprimer par

CPI

Imprimerie France Quercy
46090 Mercuès

N° d'impression : 70943
Dépôt légal : avril 2007

Imprimé en France